作家のお菓子

写真＝栗原論、武藤奈緒美

赤瀬川原平

胃弱の甘党は小豆を愛す

玉川虎屋のとらとら焼き

胃が小さいため、一度に食べ切ることはできなかった好物のどら焼き。近所にある玉川虎屋には、散歩帰りなどに寄った。「とらとら焼き」は餡に黒砂糖を使い、求肥が入っている

【甘納豆】ならまだいい。泡盛まで飲んだんだからもう酒は充分というところで、甘納豆でお茶を一杯。これならちょっとお口直しに、二、三粒つまんでちょうどいいではないか。アンパンとなるとお菓子というより食糧の感じが強いから、この場面ではちょっと重量感がありすぎる。

「おいしさに絶対値はない」『明解ぱくぱく辞典』（一九九八）

あかせがわ　げんぺい　一九三七〜二〇一四年。横浜市生まれ。幼少期を大分県大分市で過ごす。読売アンデパンダン展へのオブジェの出品、アヴァンギャルドなパフォーマンスを行うなどの活動、漫画やイラストを描くなど多方面で活動した。尾辻克彦の名で小説も執筆。「父が消えた」で芥川賞を受賞。

甘納豆

胃弱の甘いもの好きだった赤瀬川にとって、食べたい量を自分で調節できる甘納豆は理想的なオヤツだった。小豆、えんどう豆などいろいろな種類を皿に盛り、ひと粒ひと粒、楽しんだ

『明解ぱくぱく辞典』　上：パーティで記念撮影。本人のほか、秋山祐徳太子、合田佐和子、金子國義、種村季弘などの顔が見える

食後の時間

赤瀬川尚子

我家では夫が食後にお茶を淹れる。

沸騰した湯の頃合をみてゆっくりと冷しながら茶葉に注ぐ。ガラスの急須が黄緑色に色付く様子をぼんやりと眺めている。お茶を淹れるにも彼なりのこだわりがあり、いつも同じ手順であった。

青年期に胃を患い三分の二ほど失う手術をしている。そのためかコッテリ油系の料理が苦手となってしまった。食べる量もそう多くはなく食事には時間もかかる。それでいて食いしん坊な彼には三食の食事は楽しみなのだ。しかし体がうまくいかない。「食べなくては生きてはいけない」という思いが常にあり、それは仕事のような時間でもあった。そしてその仕事が終わると「やれやれ」とお茶を淹れに台所に立つのだ。

ゆっくりと淹れたお茶は程よい温度で大きなカップにたっぷりと注がれる。彼の淹れたお茶はどんな茶葉でもまろやかで格別だった。

娘が学生のとき、学校の近くに工場と店舗を兼ねた小さな甘納豆屋さんを発見し、そこの甘納豆を持ち帰った事がある。それ以来、食後には五色の甘納豆がお皿に盛られ、小さな小豆や大きなお多福豆を楊枝で一粒ずつチビチビと刺しながらお茶といただく。それはホッとする大切な時間であった。体調と相談し、ときにはドラ焼きになったり最中になったりもするが少しずつ食べられる甘納豆がちょうどよいのだ。

お菓子にもこだわりがあった。仲間が集まれば、こし餡派、粒餡派に分かれ「粒餡論争」と称して話を楽しんでいた。

いつか旅のお土産でいただいた「むらすゞめ」には薄い半月の外皮に炊き上がったばかりのような粒餡が包まれている。それには破顔で喜んでいた。また旅先でホカホカの温泉饅頭を割ってみたら「こし餡だったよ」と言ったときの残念そうな顔も忘れられない。どうあろうと彼は素朴な味わいの粒餡派であったのだ。

こうして我家では「三時」よりも「食後」に甘いものをいただく。それはどうも彼が幼少だった頃からの習慣であったらしい。貧しい時代ではあったが母が食事とは別に『お食後』と言って、ささやかながら果物や甘いものを工面し食卓に出していたと、後に長姉に聞いた。

物資には貧しかったのかもしれないが、母の愛情と、なんとも心豊かなおやつの時間がそこにはあったのだ。

（あかせがわ　なおこ　妻）

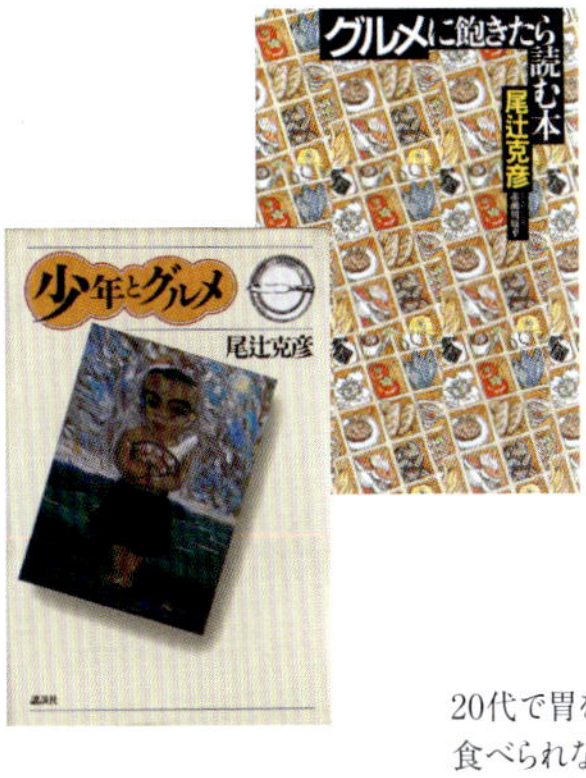

20代で胃を切り、小食だった赤瀬川。食べられない分、食への関心が高まるのか、『少年とグルメ』『グルメに飽きたら読む本』など、食エッセイも多く執筆

橘香堂のむらすゞめ

お土産でいただいて以来、好物に。以後、仕事で倉敷に行くと買い求めるようになった。赤瀬川はガラスの急須で、茶の色を見ながらお茶を淹れた。愛用はうおがし煎茶。南伸坊からの頂き物

きんつば

40歳を過ぎて和菓子とお茶に目覚めた、という赤瀬川。きんつばも好きな菓子のひとつ。多忙だった彼にとって、菓子を食べる時間は一日のうち、ほっとできる僅かな時間だった

仕事机には原稿用紙や資料だけでなく、カメラや腕時計などが置いてある。大好きなカメラを手にとったり、時計のネジを巻いたりすることも気晴らしのひとつだったのかも知れない

プリングルズの
ポテトチップス

寝る前に少しだけビールを飲む習慣があった。そのときによく食べたのは、プリングルズのポテトチップス。「うましお味」など、プレーンな味のものが好きだった

チーズ

一日の終わりに食べるオヤツは塩味。ポテトチップスと共によく食べていたのが銀紙に包まれている昔ながらのチーズ。ビールはフィンランドの柄杓のようなマグカップに入れて飲むことも

有吉佐和子

懇意にしている店主と
デザートを作り上げた

北京にある山東料理の老舗「同和居」のパンフレット。龍水楼所蔵。有吉は「同和居」の味を好んだ。北京生まれの人が通人の行く店としてこの店に案内してくれたと『有吉佐和子の中国レポート』に書いている　上右:1956年。撮影=樋口進

私がこの店で第一の好物はデザートの「三不沾《サンブチャン》」だった。東京で留園を経営している盛さんが、「うちじゃ北京、広東、四川、福建と四種類の料理が出来る。食べたいものは、なんでも言って下さい」と言ってくれたとき、「三不沾が食べたい」と即座に言うと、あちらも即座に「あれは駄目だ。あれだけは世界中で、北京の同和居《トンホーチ》だけでしか出来ない」と答えた。

「へぇ、どんなもの？　おいしい？」

と小沢さんが、眼を丸めて訊く。

「まあ見て下さい。歯につかない、箸につかない、皿につかないというので三不沾という名がついているのだから」

やがて現れた「三不沾」は、大皿の上にどろりと搗きたての柔らかいお餅を流し入れたような姿だった。

「北京の料理屋」『有吉佐和子の中国レポート』（一九七九）

ありよし　さわこ　一九三一〜八四年。和歌山市生まれ。東京女子大短大卒。五六年、芥川賞候補作の「地唄」で文壇に登場。代表作に自らの家系をモデルとした長編『紀ノ川』『出雲の阿国』『和宮様御留』などがある。六七年、『華岡青洲の妻』で女流文学賞。『恍惚の人』『複合汚染』では社会問題にも目を向けた。

龍水楼の三不粘

北京の「同和居」の作り方を、有吉の助言で店主が再現した。「子羊のしゃぶしゃぶコース」のデザートとしていただける（前日までに要予約。5人前から）。デザート単品はなし

京味の葛切り

店主の西健一郎さんは西園寺公望のお抱えだった伝説の料理人・西音松を父に持つ、各界の食通を唸らせる料理人である。カウンターに座ると目の前で葛切りができあがる様子が見られる。葛切りはコース料理のデザートとして、常にできたてを出している

「母が自宅で甘いものを食べる姿を見た記憶はあまりないのですが、行きつけのお店では好きなデザートがあったようです。龍水楼の三不粘と京味の葛切りは、自分好みの味にアレンジしていただいていました」。そう話すのは、ひとり娘で大阪芸術大学教授の有吉玉青さんである。

御茶ノ水にある「龍水楼」の「三不粘」は、有吉からアドバイスを受けて北京の「同和居」の味を再現している。『有吉佐和子の中国レポート』には、歯に付かない、箸に付かない、皿に付かないというデザートで、卵の黄身、砂糖、澱粉と牛脂を絶妙な匙加減、熱加減で作ったものとあるが、食べてみると甘くてもちもちしたカスタードクリームといったところか。有吉は日中国交回復以前の一九六一年から、長い時は半年近く滞在するなどたびたび北京を訪れ、この店に通った。指揮者の小澤征爾など友人を誘うこともあった。

そして、料理人・西健一郎さんの店、新橋の「京味」。この店のコース料理の最後に出される「葛切り」。これも有吉が愛した甘味である。西さんは「有吉先生が召し上がった際にご批評をくださり、参考にさせていただきました」と懐かしむ。旺盛な好奇心で、天真爛漫に西と交える有吉の姿が浮かぶようだ。

野上彌生子

朝起きたら抹茶とカステラが定番だった

謙と尚ちゃんが来ていると茂吉郎にきいて、寝室によんで貰った。焼のりを吉祥寺の家からとて持参、マドレーヌ三袋もたせてやる。その他雑誌なども書斎のをもって行かせる。「観世」仕舞のけいこをしているという妹さんとて。この一組はまあ彼らなりの生活でやって行くのであろう。

「昭和46年3月」『野上彌生子全集　十七巻　日記17』（一九七一）

のがみ　やえこ　一八八五～一九八五年。大分県臼杵市生まれ。十五歳で単身上京し、夏目漱石の指導を受けて小説を書き始め、九十九歳で逝去するまで現役作家を貫いた。『真知子』『迷路』『秀吉と利休』（女流文学賞）『迷路』など多数の作品を発表した。七一年、文化勲章受章。

執筆への助走だったカステラ

長谷川三千子

「おやつ」と呼ぶのには少し早すぎるかもしれない。朝八時前、祖母野上彌生子の一日は、書斎でとるお抹茶とカステラの朝食ではじまる。カステラは文明堂だったと思うけれども、とりたてて何処そこのカステラでなければいけない、というようなことはなかったし、また、カステラでなければいけない、というわけでもなかった。孫の和ちゃんが神田につとめていた頃、つとめ先の近くの洋菓子屋エスワイルでマドレーヌを買ってきたところ、評判がよくて、しばらくの間のはやりになったことがあった。

いま思うと、祖母の朝のお茶とお菓子は、さあこれから執筆にとりかかるぞ、という出陣の儀式でもあり、そのための栄養補給でもあったのだと思う。永年プルーストの家政婦をつとめていた人の回想記を読んだことがあるが、彼女の一番大切な仕事は、プルーストが執筆前にとる、カフェオレとクロワサンの準備だったという。コーヒーの銘柄はもちろん、それを焙じる店から、その入れ方、出来たてのクロワサンを買う店まですべてが決まっていて、たいそう神経を使う仕事だったというのを読んで、祖母のことを思いうかべずにはいられなかった。生活のすべてが書くということに捧げられているとき、そこには自ずと、なにか同じ形があらわれ出てくるのに違いない。もっとも、九十九歳で亡くなるまで掃除や買物以外、身の回りのことすべてを自分でしていた祖母にそんなことを言ったならば、大事なところが違う、と反論されてしまったであろう。祖母にとっては自分でお茶をたて、お菓子を準備することもまた、大切な執筆時間への助走だったからである。

午前の神聖とも言える執筆時間が終ると、祖母の書斎はたちまち、近所に住む息子や孫たちの連絡事務所兼居間のようなものになる。郵便を出すのを頼んだり、三越からのお中元を贈るのを頼んだりする、その合い間に、孫がぶらりと遊びに来たりするのである。いちばん年少の孫であった私は、仕事を言いつかるより、もっぱらお菓子が目あてで祖母の書斎に上がりこんだものだった。朝食用のカステラを一切れもらったり、臼杵から届いた臼杵せんべいをもらうこともよくあった。しょうがの香りの効いた砂糖がけの臼杵せんべいの味は、いまもあの書斎のたたずまいとむすびついている。

逆に、私がお菓子を買ってきたこともある。年に一度、東大病院の人間ドックに入るのが祖母の年中行事だった頃のことである。大学三年になって本郷のキャンパスに通っていた私は、ちょうどおやつ時を見はからって、本郷三丁目の藤村で買った和菓子をたずさえて祖母の「病室」を訪ねる。病気で入院しているわけではないので、気楽なものである。外は五月の新緑。窓際に座って、ほろほろ崩れる黄味しぐれを手で受けて食べながら、午前中のドイツ語のヘルダーリンの詩が難しかった、などという話をする――。祖母にも孫にも楽しいおやつの時間であった。

（はせがわ　みちこ　評論家・孫）

臼杵煎餅

臼杵市にある現在の小手川酒造が野上の生家。臼杵煎餅は、江戸時代の参勤交代時の食料として米・麦・粟・ひえ等を材料に作った保存食だった。現在のものは小麦粉の生地に臼杵特産の生姜を加え焼き上げている

文明堂のカステラ

「カステラ一番、電話は二番……」でおなじみの1900年創業のカステラ専門店。艶やかで色鮮やかな焼き色が特徴。熟練の職人技に育まれた一品

水木しげる

あっという間に一箱ペロリ

「空色のアイス」と呼んでいたガリガリ君をかじる水木しげる。夏になると水木は、仕事場である水木プロダクションに来るとまず冷凍庫からアイスを1本取り出し、食べるのが日課だった

—— 先生の一番の好物は何ですか？

水木　やっぱり幸福ってのは健康じゃないですかね。

悦子　〝一番の好物はなんですか？〟って。

水木　あゝ「好物」か。「幸福」とまちがっちゃった。好物はアンタ、なんでもあまり好き嫌いなく食べますけどね、サツマイモはよく食べます。

（中略）

—— 去年も、おととしも〝ガリガリ君（赤城乳業）〟がマイブームとお聞きしたんですが、今年もやっぱりガリガリ君が？

悦子　今年はあんまり暑くない日は食べてないね。

水木　イモ？

悦子　イモじゃない。アイスキャンディー。

水木　（笑）。

『ゲゲゲの老境三昧～水木3兄弟、合わせて270歳～』（二〇一一）

みずき　しげる　一九二二～二〇一五年。鳥取県境港出身。太平洋戦争時、ラバウルに出征、爆撃を受けて左腕を失う。復員後、紙芝居画家を経て漫画家に。『総員玉砕せよ！』がフランス・アングレーム国際漫画祭遺産賞を受賞するなど海外での評価も高い。代表作に『ゲゲゲの鬼太郎』『河童の三平』など多数。

上:膨大な資料に囲まれて創作した
下:『河童の三平』より。水木の出身地・鳥取県はさつまいもの栽培が盛ん。水木も小さい頃からよく食べていたこともあり、一生を通じてさつまいも好きだった

かつて水木は「バナナは腐りかけが旨い」と言ったというが、近年はバナナそのものの味が変わったと、あまり食べなった。そのかわり、グレープフルーツなどの果物、葡萄のたくさん入ったゼリーはよく食べていたという。水木は一つのものに凝ると一時期、食べ続ける傾向があったが、生涯を通じて好きだったのはさつまいも。『河童の三平』にも、魔法の芋を食べた三平がジェット機のような屁を放って水泳大会に優勝する、という奇想天外なエピソードがある。こんな物語もさつまいも好きだった水木ならではのアイデアだ。

水木プロダクションでは毎日、3時になるとスタッフ全員が集まり、おやつを食べる習慣がある。水木はわらびもちやゼリー、豆かんのような、柔らかい感触の菓子が好きだった。好きなものが出ると「うわーっ」と手をあげて喜び、あっという間に平らげてしまっていた。水木プロのおやつの定番としては、夏はゼリーやアイス、春と秋はおはぎや餅菓子。好物のカルケットやマリービスケットは、気がつくとあっという間に一箱平らげてしまった。そして同世代に好まれる羊羹が嫌い。生クリームよりもカスタードクリームが好きだった。そして水木いわく「あんこはこしあんに限る」

デリケートな肉食系

松田哲夫

水木さんのところに打ち合わせや原稿取りに出かける。「面談三十分」と書かれた貼り紙のある部屋で話し始めていると、お茶とお菓子が運ばれてきた。

ぼくたちは、いつものように水木さんの面白い話に聞き入っている。ところが、水木さんは、どんなに話に熱中していても、お菓子が目に入るやいなや、大福なり饅頭なり、目立つ物に突進する。そして、目標物を鷲掴みしたかと思うと、猛スピードで口中に収めて、食べてしまう。まるで、その場に「グワーッ」という巨大な擬音が、立ち上がったかのような迫力だった。

いかに酒が飲めず、甘い物が大好物だからといって、ここまで肉食系の甘味食いは珍しい。若いころのぼくは、お酒が好きで、甘い物は苦手だったので、こういう型破りな人間に出会って、ただただ驚くばかりだった。

そう言えば、水木さんの貸本から雑誌初期の時代の漫画には、食べたり飲んだりする場面がよく出てくる。それらは、本当に美味しそうに描かれていた。ねずみ男がメガネ男を誘って入る喫茶店のコーヒーや甘味屋のお汁粉、三平が河童と一緒に食べるスイカ、田舎の子どもたちがかぶりつく焼き芋などなどである。

そうそう、漫画に出てくる甘い物と言えば、水木さんには「剣豪とぼたもち」という傑作短編漫画があった。武芸を磨くための旅に出た宮本武蔵は、とある茶屋に入り、ぼたもちを注文する。そして、しばらく待たされたあげく、やっと食べられると思ったとき、三人の雲助に横取りされてしまう。怒り心頭に発した武蔵は、思わず刀を抜き、雲助の耳を切り落としてしまう。

剣の道を究めた武蔵ですら甘い物の魅力には敵わない、ということか。甘い物に真剣勝負で向き合う武蔵には、水木さんの気持ちが投影されているのかもしれない。

ところで、このムックの撮影のために、水木さんの大好物のおやつが、水木プロの机の上で一堂に会した。最近のぼくは、歳のせいか酒量が減り、そのかわりに甘い物にも惹かれるようになった。そこで、撮影後の試食にも参加させてもらった。

その時、気がついたことがある。それは、そこに並んでいたのは、焼き芋をはじめ、上品な甘さのものばかりだということだ。ベタ甘の物は、見当たらなかった。

さらに言えば、家族の方々が「一番の好物かもしれない」という「豆かん」などは、甘味よりも塩味が勝っている。

そうなのだ。むしゃぶりつくように甘い物を食べていた水木さんは、決して粗野な甘味食いではなかった。実にデリケートな味覚の持ち主だったのだ。

二〇一五年十一月末、水木さんは帰らぬ人となった。あの豪快な食べっぷりを、二度と見ることはできないと思うと残念でならない。

（まつだ　てつお　編集者）

ネーム室。机の上には筆記用具、文鎮、絵の具などが、また机の前にも後ろにも、長い間かけて集めた資料がぎっしり並ぶ。食欲旺盛な水木だが仕事をしながらの飲食はしなかった

菓心たちばなのわらび餅

基本的に「どこそこの何々がいい」といった菓子の銘柄にはこだわりがなく、おやつも近所で買ってきたものが多かった。わらび餅のような「くにゅくにゅした」食感が水木のお気に入り

バナナ製菓のはっか菓子

薄荷の味がする餅菓子「はっか菓子」は故郷、鳥取県境港の特産で昔から食べていた菓子のひとつ。あっさりした甘味と柔らかい餅、そして爽やかに鼻に抜ける薄荷の味が特徴

朝吹登水子

信州の銘菓が幼少期の軽井沢の思い出

上:朝吹の記憶の中にある大正末期から戦争を経て、再び平和が戻るまでの軽井沢が綴られる。長い年月をフランスで暮したが、日本では軽井沢で夏を過ごした　右:パリの自宅で、朝の紅茶をいただく。2000年頃

軽井沢では、ウールは手ばなせなかった。霧が虫よけの金網張りの窓を通してさぁーっと部屋に入ってくる。それは魔法の一陣である。急いで窓を閉めるのだが、それでも一瞬のうちに湿気は部屋にみなぎる。磯部の駅で買ったばかりの薄くてカリッとした磯部せんべいは、またたくまにやわらかくなってしまうが、私は、ぐにゃっとした磯部せんべいをクレープのようにぐるっと巻いて、太い巻煙草《シガー》の形にして食べるのが好きだった。

磯部せんべい、みすず飴、浅間ぶどう飴、これらの菓子は東京には売っていないので、夏休みの軽井沢でだけ食べる、一年ぶりのお三時の愉しみであった。

「大正期の軽井沢」『私の軽井沢物語』（一九八五）

あさぶき　とみこ　一九一七～二〇〇五年。東京生まれ。一九三六年、フランス留学。五五年に訳した『悲しみよこんにちは』がベストセラーに。以後サガン、ボーヴォワールなどの翻訳を手掛ける。二〇〇〇年、レジオン・ドヌール勲章受章。主な著書に『豊かに生きる』『私の東京物語』『私の巴里物語』『私の軽井沢物語』など。

磯部煎餅

群馬県安中市にある磯部温泉の鉱泉水を使用して作った薄焼きせんべい。いまも手焼きにこだわる名月堂の櫻井さんは「昭和初期には軽井沢の出店で販売しており、湿気ですぐに柔らかくなってしまったようだ」と話す

飯島商店のみすゞ飴

水飴の事業で成功した飯島商店が、水飴に信州特産の果物の果汁と寒天を加え、明治期に製造を始めた飴菓子。みすゞ飴をいただくことは、朝吹にとって、一年に一度の愉しみだった

つちやの浅間葡萄飴

旧軽井沢のつちや商店が製造販売する。みすゞ飴に似たゼリー菓子だがまた一味違う。軽井沢の白樺と別荘、煙をたなびかせる浅間山を描いたパッケージは、昭和の頃から変わらない

朝吹家の別荘「睡鳩荘」。父親の常吉が、簡素で良風の軽井沢を気に入り別荘を購入したのが1920年。その家が古くなり、1931年、アメリカ人建築家ヴォーリズの設計で建て直し、睡鳩荘と名付けられた

「朝、目が覚めて、香り豊かなメランジュ・エディアール（エディアールのミクスチャー）の紅茶を飲み、『さて、これから』という時間は実に楽しい」（『豊かに生きる』より）。

三越や帝国生命保険の社長を歴任した実業家朝吹常吉の長女に生まれ、幼少期から、軽井沢の別荘ではティーパーティーが日課だった。正しいテーブルマナーでは、トーストやスコーンにつけるバターやジャムは皿にとって少しずつ。決して全体に塗ってはいけないと厳しく躾けられた。そんな西洋式の暮らしが長い朝吹も、女子学習院時代には、紀元節や天長節、卒業式に学校から頂く練り羊羹や紅白の練り菓子を前に、「上品な白木の箱、上品な味の和菓子、すべてがその日の式典に似合った格式のあるものであった」と胸をときめかせた。朝吹のひとり娘の夫で慶應義塾大学名誉教授の牛場暁夫氏も「実は和菓子が好きだった」と話す。

晩年もパリと日本を行き来する日々だったが、夏の間は軽井沢の睡鳩荘で過ごした。睡鳩荘でのおやつの思い出は幼少期に遡る。湿気の多い軽井沢ですぐ湿気て柔らかくなった磯部煎餅はくるりと巻いてクレープ状にして紅茶といただいた。睡鳩荘にはいまも朝吹が愛用したイギリス製の銀製の「お茶漉し」が遺されている。

睡鳩荘のサロンと2階の朝吹の部屋。サロンでは、夏でも暖炉の火を絶やさなかった。現在、睡鳩荘はタリアセン軽井沢に移築保存されている

吉行淳之介

ドラジェ、あられ……指でつまめるものを好んだ

懐中汁粉

吉行とパートナーだった宮城まり子が住む家を、吉行の娘夫婦が訪ねたとき、手土産に持ってきたのが懐中汁粉だった。吉行が喜んで食べたからと、以来、娘の手土産は懐中汁粉に決まった

間もなく、蜜豆を十個、届けてくれた。冷蔵庫に入れておけば、一週間は保つという。あんみつのほかに黒豆と寒天だけのものもあって、安岡の書いた説明書が添えてあった。これを、紹介してみたい。

『豆カンの食べ方、図のようにします。なるべく最初は豆を多く食べ、カンテンを後に残す方がよろしい』

寒天の入った器の右上に黒豆、左上に黒蜜の容れ物が描かれてある。黒豆からも黒蜜からも、寒天に向って矢印が突き出ている。毛筆の簡略な線になかなか味があるし、蜜豆の絵というところが可笑しい。

さっそく食べてみると、これが旨い。豆の煮方に秘伝があるのだろうか、舌ざわりに俳味《はいみ》のようなものがあって結構だった。

「蜜豆の食べ方」（一九八六）

よしゆき　じゅんのすけ　一九二四～九四年。岡山市生まれ。五二年「原色の街」が芥川賞候補になり、五四年「驟雨」で芥川賞受賞。同世代の安岡章太郎、近藤啓太郎らと「第三の新人」と呼ばれた。『砂の上の植物群』『暗室』『鞄の中身』『夕暮まで』など私小説的で芸術的傾向の強い作品が多い。父は作家・詩人の吉行エイスケ。

ドラジェ

宮城のパリ土産のドラジェを、吉行は美味い美味いと言って食べた。そしてガラスの瓶に入れて、執筆の合間につまんだ。このドラジェはいわば吉行の“食べ残し”。長い年月を経て、ガラス栓は開かなくなってしまった　吉行淳之介文学館所蔵

銀座松崎煎餅のあられ

銀座のクラブで出されたあられを吉行が気に入り、「小さくて薄くて、指でつまめるあられ」とそれだけの説明で、宮城が探し当てた。当時の商品はもう無いが、「夕霧・吉三」がそれに一番近い

銀座木村屋總本店の酒種あんぱん

市ヶ谷に住んでいた子供時代、お金を握りしめて銀座まで歩き、このあんぱんを買うのが楽しみだった。米と水と麹で出来た酒種で発酵させた酒種あんぱんは、明治7年に開発された

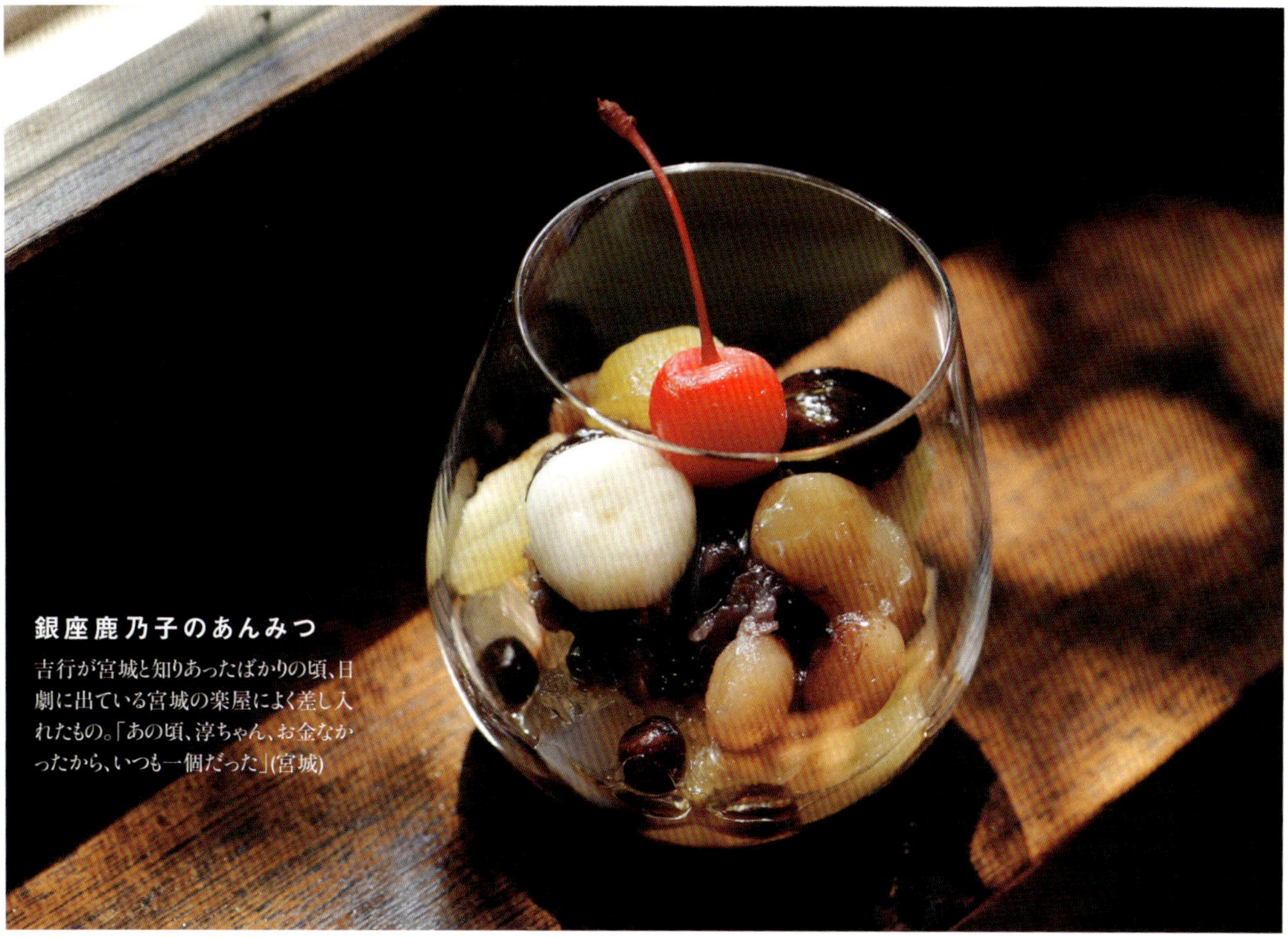

銀座鹿乃子のあんみつ

吉行が宮城と知りあったばかりの頃、日劇に出ている宮城の楽屋によく差し入れたもの。「あの頃、淳ちゃん、お金なかったから、いつも一個だった」（宮城）

宮城宛ての手紙を吉行は原稿用紙にしたためた。定宿だった御茶ノ水の山の上ホテルで書いたこの手紙は、吉行との別れを決意して渡ったパリから帰ってきたばかりの宮城に宛てたもの

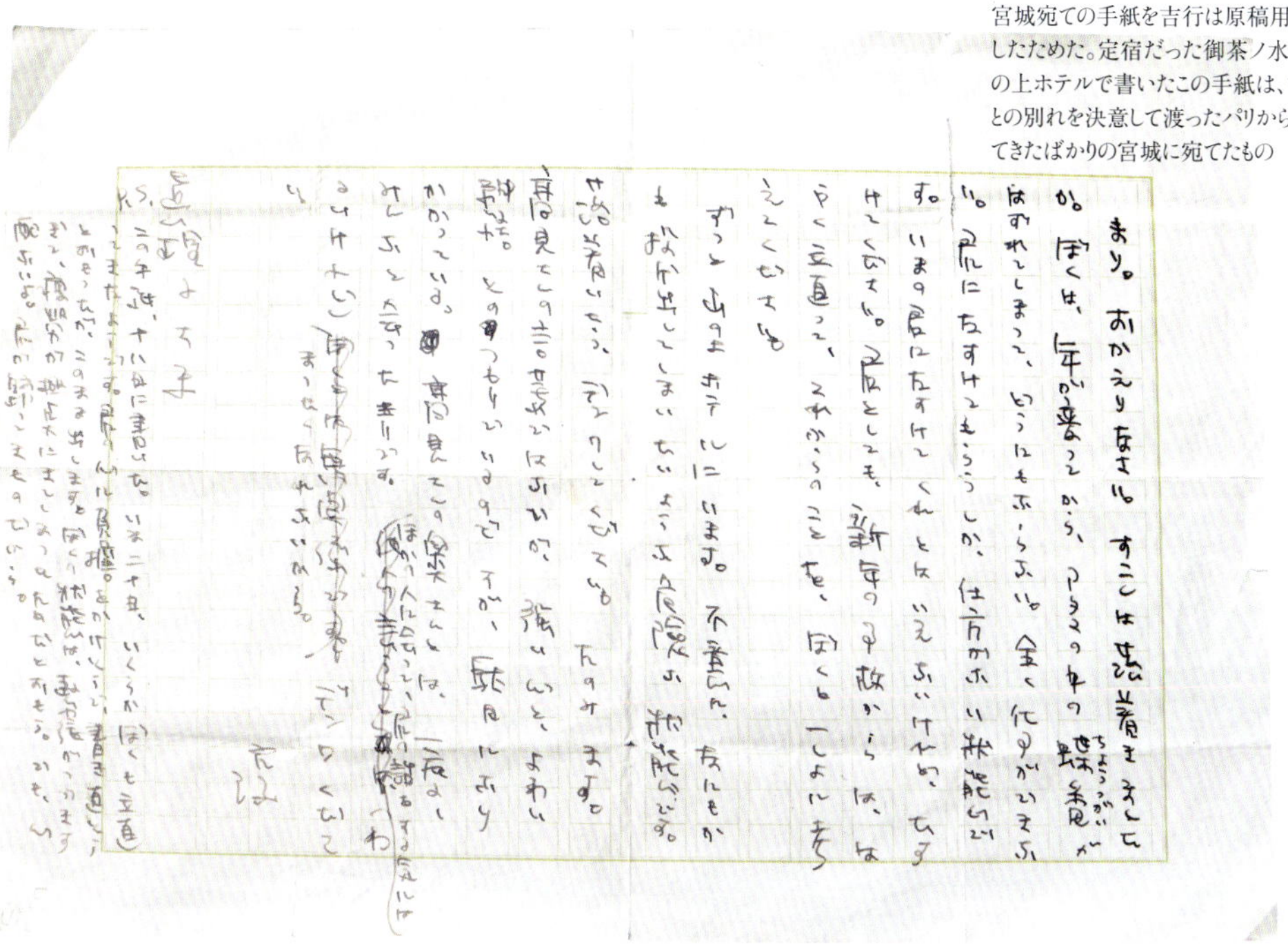

まり。おかえりなさい。すこしは落着きましたか。ぼくは、年が変ってから、アタマの中の蝶番《ちょうつがい》がはずれてしまって、どうにもふらふら。全く仕事ができない。君にたすけてもらうしか、仕方がない状態なのです。いまの君にたすけてくれとはいえないけれど。

ずっと山の上ホテルにいます。

お嬢さんの懐中汁粉

宮城まり子

「梅むら」のあんみつはね、安岡章太郎さんが「これ、おいしいよ」って送ってくださって、それからずっーと好きだった。「安岡は、こういうのが好きなのかな、うまい、うまい」

　そう言って喜んでた。

　あんみつは、それから、銀座の鹿乃子。淳と知り合ったころ、帝劇とか、東宝劇場とか、芸術座とか、芝居は必ず観てくれた。楽屋にも来てくれた。楽屋に、「何を持っていくもんなんだい?」って聞くから、「あんみつ」って答えた。一〇〇円だったかな。鹿乃子のあんみつだった。

　それから、フランスの丸いチョコレートのドラジェ。フランスに行くたんび、あたし、買って来たの。日本にはないもの。いまはあるけれど。最初はね、瓶に入れてね、仕事の最中に口に入れてましたよ。だから、こんな大きい瓶に入れてあげて、だんだん減ってきたら、また、買ってくる。ピンク、白、水色のドラジェ。いまでも文学館に飾ってある。淳が食べ残したもの。タバコの吸いかけとか、文学館はそんなものまで飾ってあるの。

　それからね、なぜか突然、松崎のおせんべい。これくらい小さいので、「僕、あれが食べたいんだ」。どこかで出たみたい。バーで、たぶん。自分が気に入ったから、おせんべいのお店に行ったのに、ないの。いろんなところ。でもないんだって。その感触を楽しみたかったみたい。だから、「君、探してこい」って言うの。うすっぺらくて短冊型。で、あたし、見つけたの。淳の趣味だったから、これかなって思って。「これ?」って言ったら、「これ」。それが銀座の松崎。「あるじゃないか」。機嫌悪い言い方。うれしい時、そんな感じだった。いたずらっ子の感じ。

　それからね、あたしにとって一番悲しいのは、淳が残してきたお嬢さんのこと。お嬢さん、うちに長く居たの。三年ぐらい。それで、お嫁に行ったの。そうしたら、夫婦二人だけだったら不安だから、「君、行ってこい」って言うの。毎日行けって。行きましたよ、「はい」って。お嬢さん、う

上野毛の家の庭になるグミの実。尾山台に住んでいた作家の安岡章太郎が、よく遊びに来て、吉行とグミの実を採って食べた。いまでも、季節になると、二人が食べたグミの実がなる

れしがってくれたけど、本当じゃないわよね。邪魔だわよね。それより新婚のほうがうれしいから、だからあたし、帰って、「淳ちゃんね、結婚したてだから、あたし邪魔になるみたいだから、遠慮して、時々行くわ」って言ったの。そうしたら、不機嫌に「うん」。

そして子供が生まれて、ちょいちょい来ましたよ。で、「たまには、お土産買って来い」と淳が言ったら、「何がいいかわかんない」。それは、長く離れている父と子の会話ですね。で、あたし、出過ぎだと思ったんだけど、お嬢さんに「懐中汁粉どう?」って言ったの。「夜中に、原稿終わったらいつでもお湯いれれば食べられるでしょ」。「それがいい」。それで、来るたびに懐中汁粉、持ってくるようになったの。(談)

(みやぎ　まりこ　女優)

上:吉行が愛用した汁椀を手に話す宮城まり子さん。築50年の上野毛の邸宅は、建築家・建畠嘉門の設計。編集者が来訪してもゆっくり話ができるよう広い居間を作った。「淳ちゃんに恥ずかしくないような家にしたかった」　下:萩原朔太郎を敬愛していた吉行。昭和41年、「朔太郎生誕80年記念群馬詩人祭」の講演旅行に宮城を同行させた。「初めての旅行。利根川のほとりで写真を撮ったの。二人とも、からだに羞恥心が漂っているの」

杉浦日向子

卵たっぷりの菓子が好き

ゴンドラのサバラン

菓子をテーマにした創作集『4時のオヤツ』にも登場する、九段下のケーキ店「ゴンドラ」。赤いチェリーが懐かしい雰囲気。店のご主人は杉浦が店に来たのを覚えているという

中村屋のクリームパン

幼少期、新宿に育った杉浦にとって、カスタードクリームたっぷりの新宿中村屋のクリームパンは好物のひとつ。5個単位で買って帰った。（現在クリームパンの販売はファリーヌ 新宿中村屋 松戸店のみ）

蕎麦と日本酒を愛した杉浦。卵焼き好きは知られるところだが、麩菓子や麦チョコなど、素朴な駄菓子も好きだったという。また音楽ならロックが好きという意外な側面も　写真提供=鈴木雅也

「え、何。クリームパン。中村屋の」

「お前、幼稚園の黄色いカバンにこれ詰めてやると、上機嫌で行ったっけ。弁当より好きでな」

「母さん楽だったね。でも、あたしのは近所の袋入りで、こんな特製のと違うけど」

「昼に久し振りカレーが食べてみたくなって、中村屋行ったんだ。で、帰りに、焼き立てってあったから、せっかくだから」


「新宿中村屋のクリームパン」『4時のオヤツ』（二〇〇六）

すぎうら　ひなこ　一九五八〜二〇〇五年。東京生まれ。生家は日本橋の呉服店。稲垣史生氏に師事し、時代考証を学ぶ。「ガロ」で漫画家デビュー。『合葬』『百日紅』など江戸を舞台にした作品を発表、江戸ブームの一役を担った。一九九三年の漫画家引退宣言以後も執筆活動、テレビのコメンテーターなどで活躍。

ル・スフレのスフレドゥーブル（ダブル）

取材で訪れた西麻布「ル・スフレ」。その後も時々、家族を連れて食べに行った。頼むのはいつもダブル（写真はヴァニラスフレ、現在は自由ヶ丘店のみ）

日向子の好物

鈴木雅也

杉浦日向子といえば、巷では蕎麦とお酒を愛する粋な江戸っ子のイメージが確立されていて、甘党の印象は薄いだろう。しかし彼女だって、生まれたときから珍味ばかりを好んでいたわけでもなく、物心がついたときから大好きだったオヤツがあった。

それは、料理が苦手な母が、時々発奮して作ったスイーツ、ニギリ矢印のアルマイトの蒸し器の中で、バニラとカラメルの香りに包まれて、並んでいる湯呑み茶碗。プリン。「お前たちがこんなに大きくなるまで、よくもまぁ！　色々と作れたものだよ」と、自画自賛してしまう母だったが、なぜかプリンに関しては本格的だった。よく友達の家などでいただくインスタントプリンなどとは明らかに別物で、カラメルのほろ苦さやバニラの香り、スの入り方やカラザまでが出てくる違いなどに、密かな優越感に浸

葛飾北斎と娘・お栄を中心に江戸を描いた『百日紅』。杉浦を知る人は彼女を「江戸を本当に知っているようだった」と評した。漫画でも江戸の人々がリアリティを持って活写されている
©杉浦日向子・MS.HS

っていたのを思い出す。その人生初の刷り込みで、先天的な好みが決定したのだろう。彼女は卵がメインのお菓子、スイーツ、そして料理が大好きだった。その頃（昭和三〇年代後半）の彼女の誕生会は、毎回必ず、オムライスとプリン。一番こだわっていたクリームパンは、新宿中村屋だった。

　今でも時々、彼女の仕事仲間だった方たちと蕎麦屋などで飲む機会がある。スイーツの話は出てこないけれど、卵焼き好きは、つとに有名だったようだ。

　そうして、杉浦日向子を名乗るようになってから好きになった、卵の香るスイーツもあった。大泉にある大吾という和菓子屋の名物「爾比久良」で、黄身餡の香る、黄色いお菓子。少し大きめなので、半分か四等分にすると、中から栗と小豆あんが顔を出し、その断面も可愛いらしく、とても気に入っていた和菓子だったので、大切な方へのお土産に、彼女はよく持って行った。

　そしてある料理評論家とともに、東京のグルメを案内してもらう企画で出会い、すっかり気に入ったのが、西麻布「ル・スフレ」のスフレだった。その企画の取材が終わって、間もなく、私たち夫婦と三人で、食べに行った。確かほかに料理も有った筈だが、小食の彼女は「ここは絶対、ダブルにしようョ！　外側じゃなくて、中のフゥワーッと香り立つトコロが美味しいんだから！」と主張した。そして普通のスフレの倍どころではない、でっかい奴を三種類、小さなテーブルの上で廻しながら食べている三人は、店の中では相当目立っていたようだ。もしくは、みんなダブルは思いつかなかったので、羨ましがっていたのだろうか？　今でも、もし誘えるのならば、彼女は二つ返事で乗ってくると思う。

（すずき　まさや　写真家・兄）

おかしの家
ノアのシュークリーム

甘すぎる味は苦手で麩菓子や麦チョコなど、シンプルな甘味が好きだった。自ら、店まで買いに行った好物のシュークリーム。注文を受けてから、滑らかなクリームをたっぷり詰める

大吾の爾比久良《にいくら》

杉浦にとって特別だった菓子。黄身餡の中に栗がひと粒。切り分ける時は斜めに包丁を入れ、四つに分けて食べるのが日向子流。お菓子を食べる時に飲むのは緑茶か焙じ茶が多かった

片岡球子

長寿の秘訣はバナナとスルメ？

バナナと林檎

身体に良いからとバナナを毎朝1本食べるのが日課。食後も必ず林檎などの果物を食べた。マンゴーやパッションフルーツといった南国の果物も好きで、珍しいものでも好き嫌いなく食べた

スルメと貝柱

スルメと貝柱は晩年になっても常備していた好物。スルメは炙って小さく裂き、貝柱は細かくほぐしたものをゆっくりと、長い時間かけて噛んでいた

おかきと落花生

「食べることが元気の源」だった球子。節分の時、炒り大豆を年の数だけ食べるなど、90歳を過ぎても落花生や豆類をよく食べた。豆の入ったおかきも好物のひとつ

レストランで肉をはさんだどら焼と紅茶をのんだ。前席の二婦人が何かとやさしく話しかけてくれた。
英語をこれからでも勉強しようと思い邦三（弟）の苦言が身にこたえた。少しでも話せればこの旅はもっと愉快であろうに。
トラファルガー広場に行く。
ネルソンの姿〜

（スケッチブック）

かたおか　たまこ　一九〇五〜二〇〇八年。札幌生まれ。札幌高等女学校補習科師範部を卒業後、画家を目指すように。小学校の教師として勤務しながら絵を描き続ける。当初は帝展などに応募しても落選続きだったが、徐々に頭角を現わす。大胆な構成と色使いが特徴で色鮮やかな富士山や火山を数多く描いた。

富士山の写生をする球子。富士山は彼女の作品の代表的なモチーフ。いつでも楽しんで描いていた。300冊に及ぶスケッチには、読んだ本のことやちょっとした反省なども書き込まれている

元気の源

片岡佐和子

普段は家で制作をする仕事柄か、食べることが楽しみだったように思います。

朝ごはんを食べたばかりなのに、「昼は何？」って聞かれて回答に困った私が「何がいいですか？」と返して、「何でもいい」と言われ、作った物がいまひとつで、機嫌が悪くなってしまったりしたことも。

好きだったお茶菓子も色々と思い出しますが、印象に残っているのはするめとホタ

とらやのおもかげ

とらやの羊羹の中では黒砂糖を使い、こっくりした味の「おもかげ」がお気に入り。リュックに画材と羊羹1本だけを入れて写生に行き、羊羹を食べながら、スケッチしたこともあったという

羽二重團子の羽二重團子

日本美術院の院展のために上野へ行くと、打ち合わせでは羽二重團子がよく出たという。これを「美味しいから」と持って帰ることも。また上野なら岡埜栄泉の豆大福も好きだった

枇杷（写生図 1930年 北海道立近代美術館所蔵）。鮮やかな色使いで知られる片岡は、スケッチも多数残した。スケッチノートの端にはちょっとした言葉が綴られることも

テの貝柱で、いつも冷蔵庫に常備してありました。先生の健康長寿の秘訣は固いものをよく噛んで食べていた事だったかもしれません。果物も欠かせない好物で、食後に必ず付けるほかにお茶のときにも用意していました。

来客時にはお話をしながら食べやすいお菓子をお出しするように心がけていましたが、デッサンの勉強のときにお願いしていた気心の知れたモデルさんがいらしたときには、大きめのお皿におかきや個包装された焼き菓子、お饅頭などを多めに盛り合わせて休憩時間におしゃべりしながら食べていました。

大福やお団子などの餅菓子も好きで、所属していた日本美術院の会議に出席したときのおやつの羽二重團子が美味しかったからと、お土産にくださったこともありました。

先生のお茶の時間はひとりで楽しむものではなくて、誰かと一緒にお仕事の話やたわいのない世間話などをしながらひと息をついて、気分転換をして新たな創作に向かう大事な時間であったと思います。

（かたおか　さわこ　養女・元秘書）

やなせたかし

あんパンに込めた
思い入れはひとしおだった

「よおし、こんどは
もっと　おおきい　ぱんに　して
もっと　おいしい　あんこを
いっぱい　いれて　おいたよ。
さあ、できた。」
あんぱんまんは　まえよりも
ふっくらとした　かおに
なりました。

『あんぱんまん』（1976年　フレーベル館）より。絵本としてやなせが描いた最初のアンパンマン。「あんぱんまんは、やけこげだらけのボロボロの、こげ茶色のマントを着て、ひっそりと、はずかしそうに登場します。自分を食べさせることによって、飢える人を救います。それでも顔は、気楽そうに笑っているのです。」とやなせは書いている

あんパン

あんパンが好きだと知った知人やファンから全国の美味しいと評判のあんパンが送られることもあったが、銘柄にこだわりはなかった。左はいつも使っていた「ナガネギマン」のマグカップ。自分で絵付けした

人生の後半期になり派手な血が騒ぎ出したというやなせは、ステージに上がり歌にも挑戦した。自らデザインしたシャツはお気に入りの一着だった

今は子どものお菓子の種類は実に多い。外国のブランドのものもあって、とてもおぼえきれない。

昔は少なかったですね。映画館に行くと、「おせんにキャラメル、あんぱん、アイスクリン」という時代だった。キャラメルは森永と明治が主力で、新高ミルクキャラメルは台湾がまだ日本領土でそこにあった新高山という山の名前からきていて、味は甘くてやわらかかった。

サクマドロップスは缶に入っていて色とりどり味が少しずつちがう。チョコレート味とハッカ味とかイチゴ味とかオレンジ味とかで自分の好みの味から食べるので好まない味が最後まで残った。ブリキの缶に入っているところが高級感があってうれしかった。

「昔のスイーツ」『人生、90歳からおもしろい！』（二〇〇九）

やなせ　たかし　一九一九〜二〇一三年。高知県出身。東京高等工芸学校図案科（現千葉大学）卒業。一九四七年三越宣伝部入社。フリーになり漫画やテレビ番組の脚本など様々な仕事を手掛ける。七三年、月刊「キンダーおはなしえほん」に「あんぱんまん」を発表。九〇年、「アンパンマン」で日本漫画家協会賞大賞受賞。

仕事場のやなせスタジオ内で。同じビルに住居があり、外食も滅多にせず、秘書の越尾さんの作る食事を毎日食べ、ひたすら仕事場で絵を描いた。おやつは、この机で食べた。　下：小学生新聞用に書いた物語

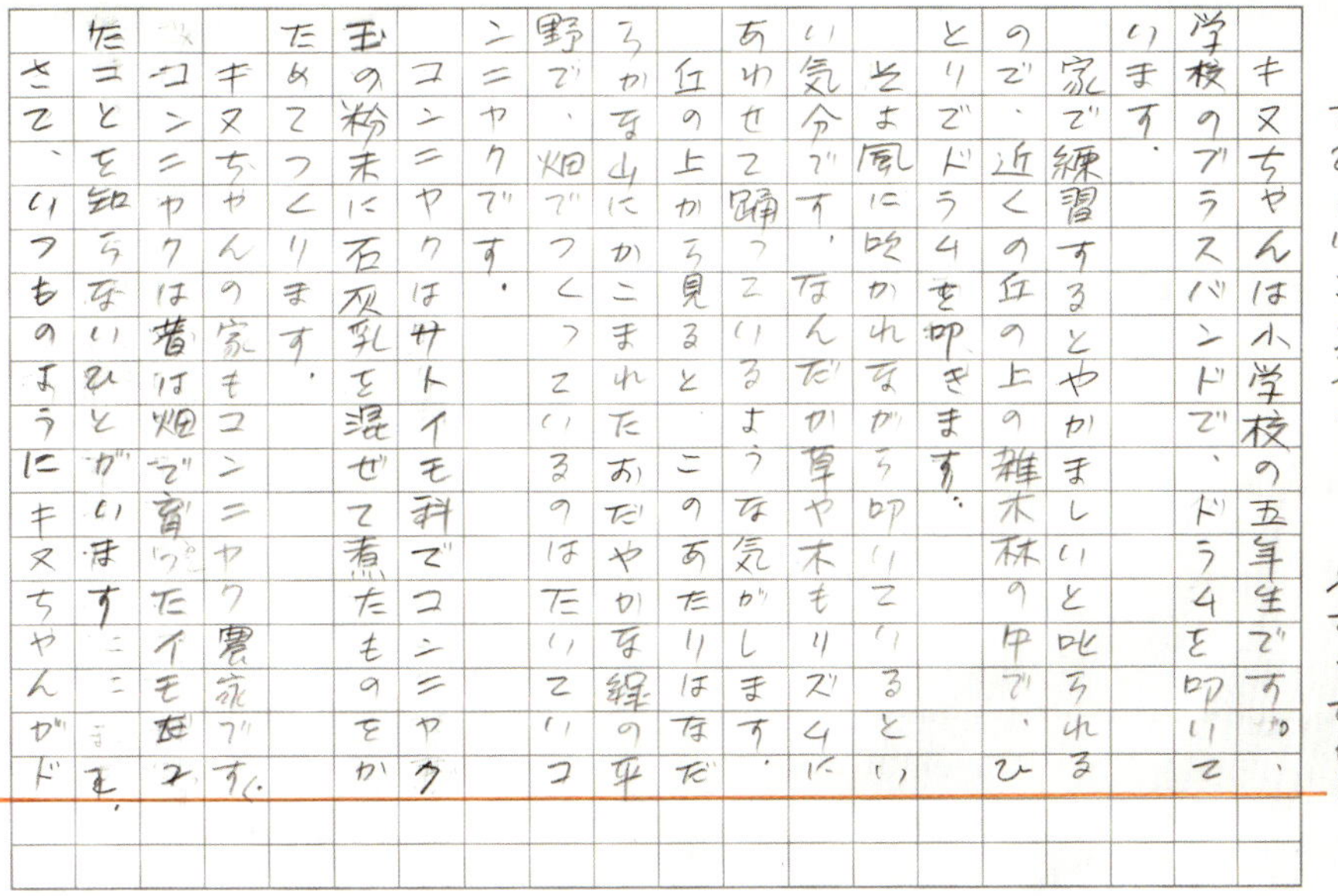

さびしいコンニャク　やなせたかし

キヌちゃんは小学校の五年生ですが、学校のブラスバンドで、ドラムを叩いています。

家で練習するとやかましいと叱られるので、近くの丘の上の雑木林の中で、ひとりでドラムを叩きます。

そよ風に吹かれながら叩いていると、いい気分です、なんだか草や木もリズムにあわせて踊っているような気がします。

丘の上から見ると、このあたりはなだらかな山にかこまれたおだやかな緑の平野で、畑でつくっているのはたいていコンニャクです。

コンニャクはサトイモ科でコンニャク玉の粉末に石灰乳を混ぜて煮たものをかためてつくります。

キヌちゃんの家もコンニャク農家です。

コンニャクは昔は畑で育ったイモだったことを知らないひとがいます。

さて、いつものようにキヌちゃんがド

あんパンをリスペクトしていたやなせ先生

越尾正子

私がやなせ先生のもとで働き始めたのは、先生が七〇歳代前半のころでした。

そのころから規則正しい生活をしていましたが、ストイックというほどではなく、ときおり「朝寝坊しました」と言って十一時頃、起きてきたこともありました。

食事は三食決まった時間にとられて、仕事の合間にはおやつも必ず食べていました。

おやつのメニューはバラエティーに富んでいました。

アンパンマンの作者としてやなせ先生にはあんパンに対する思い入れがありました。「子供の頃、お菓子といえばあんパンかお煎餅くらいしかなかった」とおっしゃっていましたが、ただ懐かしいばかりではありません。

あんパンはご存知のように外側は西洋のパン、中身は日本の小豆餡。このまったく食文化の違った取合せからできたあんパンが、独自の美味しさを持っていることに先生は、「和魂洋才」といってあんパンをリスペクトしていました。

先生はプリンとかゼリーもお好きでした。

プリンはプリン本体とキャラメルソースのバランスにうるさかったです。気に入ったプリンを召し上がるときはキャラメルソースの苦味が美味しいといって喜んでいらっしゃいました。

ゼリーといえば、あるとき、私が何を血迷ったかゼリーを作ったことがありました。とても硬いゼリーになってしまいましたが、やなせ先生はこの硬いゼリーをどうやったら美味しく食べられるか考えながら召し上がってくれました。それ以後私はゼリーをまったく作っていません。

味、形、色、その季節にあったもの、そのすべてが揃ったとき、先生は本当に美味しそうに「これはおいしいねぇ〜」と喜ばれます。

おやつの時間の出来事ですが、先生の生き方に触れたような気がしました。

八〇歳代後半になると糖尿病になりました。

するとお菓子を一切食べなくなり、おやつの習慣も終わりました。

どんなにすすめても召し上がらないので、「先生はきちんと決めたことを守れる人ですね」というと、「いや、そんなことはない、若い頃はやめようと思ってもやめられなくてポテトチップスひと袋食べていた」とおっしゃっていました。

やなせ先生の最後のおやつはバニラアイスでした。

亡くなる前日のことです。アイスクリームを食べてみませんかというと、「少しぐらいならいいだろう」と言って食べ始めました。そのとき、まるで三、四歳の幼児のように九四歳の先生が顔をくしゃくしゃにして「おいしい！」とおっしゃった時。とても驚きました。

最後に召し上がったおやつがおいしくって、本当によかったと思っています。

（こしお　まさこ　やなせスタジオ代表）

中村汀女

好きな菓子の句は
一生懸命に

初時雨にわかに急ぐ一書かな

「朝汐」『四季の銘菓ごよみ』（一九八五）

なかむら　ていじょ　一九〇〇～八八年。熊本市生まれ。高浜虚子に師事し、「ホトトギス」の同人となる。自身も四七年に「風花」を創刊、主宰をつとめる。著作に『春雪』『中村汀女句集』『都鳥』など多数。普段の暮らしから紡いだ句は、多くの人々の共感を呼び、俳句の普及に努めた功労者でもある。

風流堂の朝汐

日本全国の菓子を味わった汀女が、個人的に気に入った菓子のひとつが薯蕷(じょうよ)饅頭の朝汐。「小豆餡と香のよさが、朝風のさわやかさほどに残り、一杯の茶が欲しくなる」と書いた

橘香堂のむらすゞめ

明治初期、編み笠の形と稲穂の黄金色から着想を得て生まれたという、倉敷の銘菓「むらすゞめ」。気泡が開いた軽い皮と小豆餡の組み合わせはどら焼きよりも、繊細で軽やか

汀女と甘味

小川濤美子

ある月刊誌が始めたお菓子と俳句を結ぶ企画が母の晩年に始められた。もともと甘味は大好きであったので、熱心に取り組んでいた。

全国から有名無名のお菓子を編集の方が探し見つけて届けてくださった。しかしすぐにはとりかかれず、私たちが「材料部屋」と呼んでいた部屋に、しばらく置かれるのが常だった。仕事の都合でなかなかすぐには取りかかれずに置かれていた。いよいよ締切が迫ると歳時記を何度も繰ってはお菓子と向き合い苦しむ母の姿を私たちは眺めるのみであった。いよいよ一句ができ上がると「さあ材料を持って来なさい。みなで食べましょう」と声がかかるのであった。

その頃はお菓子そのものが硬くなってしまっていたのであった。けれども、母の部屋でみなで珍しい菓子をお茶と頂くときは楽しいひとときであった。

風流堂の山川

金沢の長生殿、長岡の越之雪と並び、日本三大銘菓のひとつといわれる松江の山川。赤は紅葉、白は清滝川を表している。シンプルな打ち菓子ながら、しっとりした口当たりと品の良い甘さ

『伝統の銘菓句集』1985年。全国から取り寄せた菓子を実際に食べ、美味と思った菓子の句集

このようにして『四季の銘菓ごよみ』『伝統の銘菓句集』『ふるさとの菓子』の三冊の美しい本が出来上がったのである。お菓子であればなんでも好いとは思っていないきびしい面も持っていた。あるとき銀座の一流といわれる店の菓子に対して、

「私はあの店のあんの味がきらいなので書かない」

と云い張って止めたときがあって、私はそのとき母はやはり自分の味覚を持っているのだとひそかに感心したことを覚えている。

二年間にわたって続けられたお菓子との向き合いは亡くなるまで続き、母と甘味との「つき合い」は終生なのであった。手許に残った三冊のお菓子の本は、私たちにとってもそのころを思い出す貴重な本となってしまったのである。

（おがわ　なみこ　娘・俳人）

三宅艶子

古き良き時代の東京の菓子を愛した

長門《ながと》の半生菓子

日本橋にある和菓子の老舗。始祖は徳川吉宗の時代の菓子商だった。三宅は、「長門の千代紙をはった箱はいくつになっても好きで、私はいい贈り物の時には長門で半生を買うことにしている」（「東京の菓子」より）と書いている

九段の通りの方に出ると、「ゴンドラ」というお菓子屋がある。ここの主人は昔風月堂で修行をしたときいているが、ちょっとおいしいお菓子をつくる。生クリームのエクレアやクリームホーンは、よそのどこよりおいしいと私は思うくらいだ。しかしこの店はときどきお菓子がみんな生き生きとおいしい時と、なんだか気のないような時とある。或る時はクリームの中に洋酒がはいりすぎたかと思うほどいい匂いの時もある。一様に揃っていないとこが微笑ましくて却って好きだ。

「東京の菓子」『東京味覚地図』（一九五八）

みやけ　つやこ　一九一一〜九四年。東京生まれ。文化学院卒業。『男性関係』『結婚なんて』『良妻・悪妻』など、おしゃれ、男女関係、女性の生き方などについて著書が多い。『ハイカラ食いしんぼう記』も書き、女性グルメライターの先駆け的存在。テレビにもよく出演し、人生相談の回答などをした。母は作家の三宅やす子。

銀座菊廼舎《きくのや》の冨貴寄《ふきよせ》

三宅はこの「冨貴寄」を「日本菓子の中で一番好きだ」(「東京の菓子」より)と書いている。創業明治23年、歌舞伎座近くで開業した初代が、歌舞伎煎餅を売り出し大評判に。大正後期、二代目が茶時の干菓子をヒントに「冨貴寄」を考案した

ローザー洋菓子店のクッキー

「いいバタがたくさんつかってあって、私はローザのクッキーを夜中に仕事をしながら食べるのが大好きだ」(「東京の菓子」より)。1932年から続く老舗の味。味もさることながら、ブリキ缶の可愛さにファンが多い

ゴンドラのケーキ

九段の靖国神社近くに住んでいた三宅はよくこの店を訪れ、当時併設されていた喫茶室で原稿を書くこともあった。「生クリームを使ったケーキを作り始めたころで、それを好んでくださったようです」と、当時を知るオーナーシェフの細内進さんは話す

凮月堂のゴーフル

凮月堂のお菓子は三宅にとって子供の頃から親しんだ味だった。「私は凮月堂のワッフルがなつかしい。ゴーフルもウエファーも、お祖母さんに出逢うようなうれしさがある」(「東京の菓子」より)

ママの思い出、ゴンドラ

阿部鷲丸

小さな頃、（たぶん四、五歳）住んでいた家の前の通りを右に行くと、大きな山が見えていた。ママが、あれはふじさんというのよと教えてくれた。僕は、ふじさんのさんを人の名前に付けるなになにさんのさんと同じように思ってしまったので、それから毎日その山に向かってお山の富士さーんと叫んでいた。

住んでいた場所は富士見町という住所だったが、本屋さんが看板を作ったら富士山は見えなくなってしまった。

道を富士山と反対方向の左に行くと白百合学園があって姉さんが通っていた。白百合学園は女子だけの学校だったが、幼稚園だけは男子も入れた。僕はその幼稚園に通った。でも男子をとるのは僕らの代が最後になってしまった。マスールやシスターにとっては相当悪ガキだったようだ。

家の前の通りの向こう側は靖国神社の塀が続いていた。神社で年二回くらいお祭りがあって、毎回すごく楽しみにしていた。いろいろな見世物があったり、オートバイが大きな樽の中をぐるぐる廻ったりプチサーカス団みたいのとかいろいろな催し物が来た。みずあめとか駄菓子があったがあまり食べなかった。駄菓子はママに止められていた訳ではなかったが、あまり口に合わなかったのかもしれない。でもお祭りの雰囲気は大好きだった。お祭りは三、四日続いていたけれど毎日毎日通った。

靖国神社には小使いさん一家が住んでいた。その子供が僕より歳が少し上で、僕は塀を乗り越えてよく遊びに行った。僕らとは少し違う世界にいるその奥井君と遊ぶのが大好きだった。

靖国神社を通り抜けて右に行くとゴンドラだった。ママは地方での講演が結構あって家を留守にすることが多かった。泊りでどこかに行ったときは、帰りに必ずゴンドラに寄ってケーキを買ってきてくれた。

ずっと後のことだが〈五〇年くらいあと〉僕が横浜に引っ越したとき、ご近所への引越しの挨拶にゴンドラのクッキーを持って行った。行った先の僕より十歳くらい若い女の人が、わっ、ゴンドラ、懐かしいと言って喜んでくれた。一番町にある女子学院に通っていたらしい。ゴンドラを知っていてくれて僕も嬉しかった。ゴンドラは今でもその場所にあるが、富士見町の家があった場所は今は法政大学になってしまった。

その家のアトリエ側の道路との境は塀の代わりに月桂樹が植えてあった。パパとママが喧嘩をしたとき、パパが月桂樹にあたって枝をポキポキ折っていた。今の自分の家には月桂樹はないけれど、見つけると適当な量の葉っぱを採って奥さんのお土産にする。

（あべ　わしまる　彫刻家・長男）

三宅の著書の一部。昭和30～50年代は多忙を極めた。画家の阿部金剛と結婚していた時代は阿部姓で仕事をしたが、後に離婚

片山廣子

果物の滋味に想いを馳せる

随筆集『新編燈火節』。最初の著書は片山が75歳の時、暮らしの手帖社から出版。父は外交官というエリート家庭に生まれながら、生涯、創作を続けた　写真提供＝東洋英和女学院

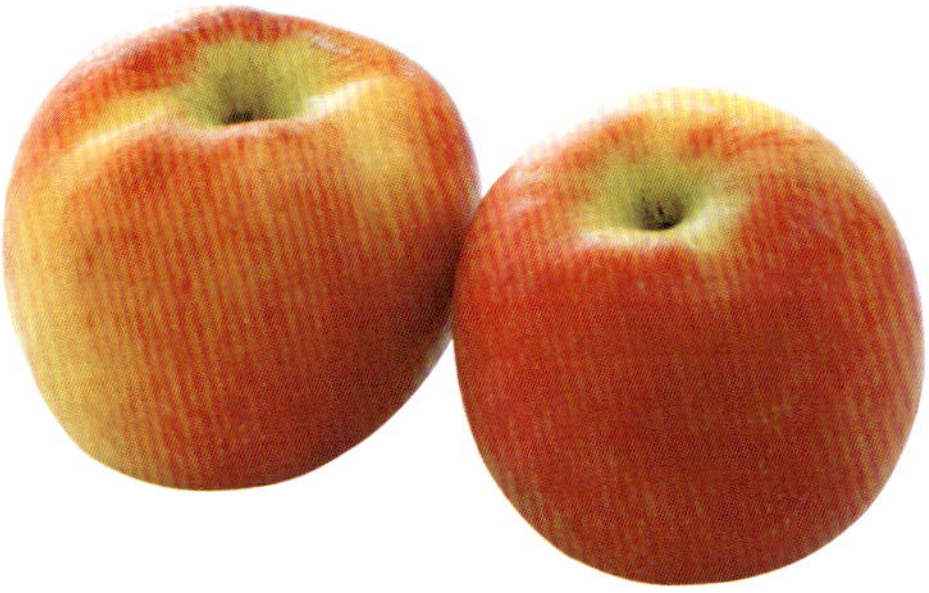

林檎

時折、軽井沢に滞在した片山は芥川龍之介とも交流があり、堀辰夫の「聖家族」の登場人物のモデルともいわれている。長野は林檎の産地。特に馴染みのある果実だったのかも知れない

ガラス戸越しに庭を見ながら私はお茶をいれた。お茶の香りが部屋にあふれて、飲む愉しみよりももっとたのしい。静かに鼻にくる香りはのどに触《ふ》れる感じよりももっと新鮮に感じられる。乾杏子を二つ三つたべて、これはアメリカの何処に実った杏子かと思ってみる。

乾杏子からほし葡萄を考える。ほし棗を考える。乾無花果も考える。どれもみんな甘く甘く、そして東洋風な味がする。

「乾あんず」『燈火節』（一九五三）

かたやま　ひろこ　一八七八～一九五七年。東洋英和女学校卒。佐佐木信綱に師事し、歌人として活動すると同時に松村みね子の名でW・B・イェーツやダンセイニ等の翻訳も手がける。東洋英和の後輩である村岡花子、歌人の柳原白蓮とも交流があった。著作に『新編燈火節』『かなしき女王 ケルト幻想作品集』など。

干し杏子などの
ドライフルーツ

随筆の中で「どれも東洋風な味がする」と書いた乾燥の果実。これらは古くから保存食としてギリシャやエジプト、中国など、シルクロードを通じて日本と交流のあった地域の特産だ

片山廣子好み

早川茉莉

片山廣子の随筆は、静かで美しく、気品ある一枚の織物のようだと思う。

そんな彼女の本を読むと、心が仕立て直され、背筋が整うような思いにもなるのだが、ときどきに顔を出す彼女の食いしん坊ぶりに触れると、何だか微笑ましい気持ちになる。『燈火節』を書いていた頃、「わたくしは食いしん坊ですから、食べもののことを書きたいのですけれど」と言ったというが、どうやら彼女は、食べることだけではなく、珈琲を飲み、甘いものを食べることも好きだったようだ。

『燈火節』には、銀座の不二家のパン、棗《なつめ》の実、桃の缶詰の砂糖がけ、ザボンに白砂糖と葡萄酒をかけたひと皿、砂糖なしの塩あんしるこ、蒸しパン、グリンピース餡の蒸饅頭、蒸ようかん、乾いちじくなど、さまざまなおやつが登場するが、書かれている時代背景を考えると、ものがない時代ながらも、様々な工夫をしながらおやつを愉しんでいたことが分かる。

ところで、片山廣子といえば林檎を思い出す方も多いのではないかと思う。実際、彼女には林檎を詠んだ歌が多くあるが、これはその中の一首である。

立ちて見つつ愉しむ心反射して一つ一
つの林檎のほほゑみ

林檎の甘酸っぱい香りに、それを見つめる彼女の姿を重ねながら、片山廣子が書いたさまざまな食べ物のことを思う。

たとえば、戦時中、娘夫婦の住む仙台を旅行した彼女が、ホテルや鐘紡の仙台支店をたびたび訪れて、珈琲や洋菓子を楽しんでいたことなどを知ると、彼女がそこで味わった洋菓子のことや、珈琲カップを持つ彼女の美しい指先のことなどに、ついつい思いを巡らせてしまう。

また、軽井沢の別荘では、洋式のロビーに訪問客を招き入れ、紅茶やクッキーでもてなしたというし、終戦後の日々の中、「たべる物がまだ出揃わず、家庭でパンやビスケットを焼いている時分に、粉の中にバタを少しばかり交ぜて焼きながら、そのバタの量で柔らかみ少しづつ違うのを試食している時」という一文からは、片山廣子が手製のおやつを楽しんでいたことが分かる。こうした紅茶、クッキー、パン、ビスケット、バタといった何気ない単語のひとつひとつも、彼女の本で出会うと、それらが片山廣子語に翻訳されて、異国の香り漂う、馥郁《ふくいく》とした味わいのものに思えて来るから不思議だ。

分けても好きなのは、「乾あんず」にある、降る雨を眺めながら乾あんずを食べるくだりだ。

「私は村里《むらざと》の小さな家で、降る雨をながめて乾杏子をたべる、三つぶの甘みを味つているうち、遠い国の宮殿の夢をみていた」

何かを食べるというただそれだけのことにも、ゆかしい暮らしの愉しみ方があることを教わったような気がして、乾杏子を食べながら、遠い異国の夢を見てみたいような気がする。（はやかわ　まり　ライター・編集者）

池部良

体型維持のため洋菓子は控えた

浪花家総本店のたいやき

麻布十番近くの仙台坂に長く住んだ池部は、夫人に尻尾まで餡が入っているこの店の鯛焼きを勧められた。聞けば店主は戦時中、池部と同時期に中国の部隊にいた戦友であった

麻布十番も地番から言えば、かなり広い区域なのだろうが、僕達が知っている限りの麻布十番は、一本筋の商店街だ。

古くから賑やかな町だったのだろうか。

百五十年も二百年もの歴史を持った商店が沢山残っていて、今だに店の間口も広く頑張っている。ふと見上げる看板には創業〇〇年とあってタイムスリップに陥る。

三十数年前、麻布、仙台坂に越して来たある日、家内が、麻布十番に行って鯛焼き買って来てよと言う。家内は麻布の山の上で生れ育っているから麻布十番の様子がよく分っている。僕にとっては中学生の頃、ちょっと足を入れた程度の印象しか頭に残っていないから、鯛焼きって何だと素朴な疑問を持ち出したら「馬鹿ね。十番の鯛焼きは尻尾まで餡が入っていて有名よ」と言う。

「たいやき」『天丼はまぐり鮨ぎょうざ』(二〇〇七)

いけべ りょう　一九一八〜二〇一〇年。東京大森生まれ。一九四〇年、東宝撮影所シナリオ研究所に入り、後に知的でスマートな若手俳優のホープとして注目される。復員後、四九年の映画『青い山脈』で二枚目スターの地位を確立した。九一年、『そよ風ときにはつむじ風』で日本文芸大賞受賞。以後エッセイスト、作家としても活躍した。

池部良サマに憧れて

水口義朗

　戦後民主主義の扉を開いた青春映画の傑作『青い山脈』（昭和二四年）で、十八歳の旧制高校生六助役を演じた池部良は、一躍スターダムにのし上がった。ところが、そのとき池部はすでに三一歳。自らの青春時代は、二四歳で陸軍に入隊、二九歳で九死に一生をえて復員するまで、北中国から南方の小島ハルマヘラに転戦、その間、二年半はジャングルに潜んで独立中隊の中隊長として暮し、飢餓地獄を体験している。

　昭和十九年の冬、零下五度の中国から赤道直下のハルマヘラ島へ転戦する途中、乗っている輸送船が敵潜水艦の魚雷攻撃を受け轟沈、池部はフィリピン海溝を十三時間も泳ぎつづけた。

　私は、中学三年のとき『青い山脈』を観て、池部良サマに憧れた。中央公論の編集者として、小説を書いてもらおうと声をかけ、それから満九二歳で亡くなるまで、四〇年近いお付き合いの栄に浴した。

　日本敗戦のとき十歳の私は、学童集団疎開先の寒村で、飢えていた。良サマとはまず飢えの話からうまが合った。

「野積みの食糧が米軍の爆撃でいっぺんにぶっとばされた。めしがなくなり、バッタ、とかげ、蛇、蛙、鰐、椰子の実すべて食いつくし、雑草を食べていた。ある日、兵隊がとかげをつかまえて手にもっていた。隊長の威光でそれをとりあげて食っちまった。あれは今でも胸が痛むよ」

　出会って間もなくの雑談中、池部は遠くを見る眼差しでつぶやいた。イイ人だなアと感服、島での生活を小説化しようと決めた。

「ハルマヘラから敗戦の翌年、米軍のリバティ船で引き揚げてきた。両親の疎開先の茨城県古河の在にたどりついた。重度の栄養失調症でよろよろしていたね。三日後に腸チフスにかかり一カ月近く寝込んだ。おやじがどこからかドンブリに牛乳を調達してきた。栄養もつき、どうやって生活していこうかと考えはじめる体力もついてきた。そのとき、〈ハツコイニデラレタシ、トウホウ〉という電報がきたんだ。『四つの恋の物語』というオムニバスの第一話〝初恋〟で、相手役は新人の久我美子君だった。東宝撮影所通いが始まった。おやじは、買われるうちがハナ、すぐにでかけろって言う。からだを気づかって駅までいっしょに行ってくれた。途中、良、あそこにいる女性に頭を下げろと言う。ともかく会釈した。おやじは、おまえが元気になれたのは、あの女性からもらい乳してたおかげだと、こともなげに言って歩き出した」

　父親の池部鈞《ひとし》は、風刺・風俗漫画家であり、有名な洋画家。江戸っ子ゆえ、〝呑みこみの半助〟、思い込み無手勝流の武勇伝はかねがね聞いていた。ドンブリ母乳の話にはジーンときた。良サマの感想は失念。

　池部良は物書きにシフトをした。打ち合わせは六本木の国際文化会館が多かった。美しい庭の見える窓際の席につくや、良サマはせかせかとたち上がり、パーラメントというタバコを買ってきて、まず一服。「ステーキを食べようよ」で始まる。食べ終わると、「ショートケーキ食べていい」とくる。つまり、美子夫人が厳密に体調管理をなさっていたから、自宅では禁制のもの。美子夫人の方も、夫がまた外出先でどうせ食べるからと計算のうち。

私は、良サマはショートケーキが好物と思っていた。夫人に聞いてみた。

「お饅頭、今川焼などあんこものが好きですね。それと、麻布十番が家から近うございますから、豆源の煎り豆、ピーナッツなども、店先で煎りたてを食べたりしていましたね」

麻布十番にある行列のできる鯛焼き屋の主人が、同じ師団にいた戦友とわかり、鯛焼きもおやつ入りしたようだった。

良サマ亡きあと、夫人から良サマ用に誂えられていた極上の衣類をいただいた。驚いたのは、一七三センチの身長なのにウエストは八二以下のスラックス。〝ボク〟と美子夫人は呼んでいらしたが、天下の二枚目、日本のジュラール・フィリップには、夫人の掌の上でストイックな努力があった。マラリアが再発し、何回かの開腹手術にも耐え、九二歳まで万年青年を通した良サマは、イケメンなんぞ足元に及ばない。

（みずぐち　よしろう　文芸評論家）

月島家の今川焼

麻布十番の商店街で昭和26年開業。小倉、カスタードクリーム、チーズの3種類ある。池部は、もっちりとした生地に黒糖入りで甘さ控え目の小倉餡を好み、よく買いに来た

豆源のピーナッツ

月島家と道を隔ててある。池部がよく訪れた頃は、店頭に七輪の火鉢を出し、大鍋で豆を煎っていた。池部はよく鍋から煎りたてをつまみ食いし、「頭の白い鳩が豆をつついている」と店主にからかわれたとか

瑞穂の豆大福

原宿の昔ながらの商店街・穏田にある、売り切れ必至の豆大福。薄皮で柔らか目の漉し餡がたっぷり入った豆大福を池部の夫人が気に入り、人に頼んでよく取り寄せた

大村しげ

甘いもの嫌いが選ぶ
京ならではの甘味

小西いもの焼いも

焼いもは幼いころからの好物だった。伏見にある小西いもとは、伏見人形の店へ行ったときに通りがかって買い求めて以来、懇意に。この店の焼きいもは京都一おいしいと人にも勧めたわたしはいまでも甘いもんはきらいで、お菓子が大好きというから、笑われる。それでも、ほんまのお菓子は、甘さを殺して、殺して作ってあるので、少しも甘いことはない。のど越しがようて、あとにあずきのかおりがほーっと口に残る。

「甘いもんきらい」『美味しいもんばなし』（一九八七）

おおむら　しげ　随筆家。一九一八～九九年。京都市祇園生まれ。京都女子大国文科卒業。生まれ育った京都の習慣や暮らしについて、京ことばを使った文体で執筆。晩年はインドネシアのバリ島に移り住み、バリでの暮らしについても書いた。代表作に『京のおばんざい』（秋山十三子、平山千鶴との共著）『冬の台所』など。

上:小西いもの店先　右:京都の食について書いた『美味しいもんばなし』
下:晩年過ごしたインドネシアのバリ島で、身の回りの世話をしていたアユさんと。大村は彼女の事を「私の孫」と呼び、異国暮らしも謳歌した

甘いものが大きらい

鈴木靖峯

大村しげは京都祇園の魚屋の一人娘として生れ育った。

小さいときから甘いものが大きらいで、祇園の舞妓さんや芸者さんの店出しで、皮に寿という焼き印を押したおまんじゅうをよくもらったが、皮だけをちょっと食べて、あんはほっておいたという。そのかわり果物は良く食べたと本（『美味しいもんばなし』鎌倉書房）に書いている。

甘いものが好きではないといいながら、川端道喜さんのちまきは「ちょっと買うてきてんか」と言われ、私はバイクに乗って、よく上加茂ま

松屋常盤の味噌松風

左:松屋常盤の味噌松風は甘さの中に塩味がきいている。甘い味は嫌いと書いた大村好みの味　上左:学生の頃から住み続けた家　上:小西いもの焼いも。皮をむき、一晩塩水につけ、鉄鍋でじっくり焼く

で買いにいった。

以前、道喜さんは御所への出入りが多く、御所の北に道喜門というのがあって、そこから、ちまきを納めにいったという。

普通、ちまきというと五月五日の端午の節句に食べるものと思っているが、道喜さんは一年中ちまきを作っている。

現在バリ島ぐらしの私は、日本に帰ったときは必ず道喜さんのちまきを買って大村に供え、お下りをいただいている。

大村しげのもう一つ大好きなお菓子は田丸弥の「水ようかん」で、底の浅い漆塗りの木箱に流しいれて作った水ようかんは冬の食べものである。

普通、水ようかんといえば夏の食べものと思うが、田丸弥では、京の冬の底冷えがようかん作りにかかせないという。

今夜は冷えるというときに、あずきを煮て、よく濾《こ》して木箱に流し入れ、冬の自然の冷気で固めて作るという。

「冬の間、私は田丸弥の〝今日の冬〟を待っている。底冷えの特にきびしい朝に、自然に固まるという水ようかん」(『美味しいもんばなし』)。

(すずき　やすお　甥)

川端道喜の
水仙粽《ちまき》と羊羹粽

朝廷への献上菓子から始まった道喜の粽。吉野の葛と砂糖を原料とし（羊羹粽は小豆も使う）笹の葉で包んだ後、いぐさで巻いて湯がく。柔らかな舌触りと混じりけのない甘さは唯一無二の味

わたしは、いつも言い遺してある。わたしが死んだら、なんにもせいでええけれども、道喜さんのちまきと、麩嘉さんの笹巻だけは、忘れんように供えてや、と。

「甘いもんきらい」『美味しいもんばなし』（一九八七）

先斗町《ぽんとちょう》駿河屋の竹露

竹入りの瑞々しい水羊羹(4月中旬～9月中旬のみ)は夏の好物。家が近かったこともあり、大村は店(写真下左)の常連だった。彼女の話し方や仕草は京都の町の人らしい雰囲気だったという

田丸弥の白川路

ご主人、吉田達生さんは大村と昭和30年代に知り合い、公私共に親しくしていた。大村が一日のほとんどを過ごす掘り炬燵の上には、いつも川の砂粒を象った胡麻が香ばしい煎餅があった

ひとさんへの手みやげには、則克の浜土産《はまづと》が先さんにもよろこんでもらえる。目の粗い竹籠に、檜葉《ひば》を敷いて、そのなかに蛤が十数個。いま浜辺から持ち帰ったというみずみずしい趣向である。

「ながつき」『冬の台所《はしり》』（一九八〇）

亀屋則克《のりかつ》の干菓子

季節によって型が変わる干菓子。友人の秋山十三子も贔屓にしていたこの店では、10月から4月にかけて店に並ぶわらび餅と5月から9月のくず焼などの生菓子も買い求めた

浜土産《はまづと》

本物の貝殻の中に、浜納豆がひと粒入った琥珀糖。甘い物は嫌い、と書いた大村はこんな甘味の中に塩気のある菓子が好きだったのだろう（5月中旬〜9月中旬の販売）

金閣寺日栄軒の水無月《みなづき》

京都では夏越の祓い（6月30日）に食べる菓子。日栄軒の水無月は小豆と一緒に青えんどうものせている。黒と白の2種類あり、大村は黒砂糖を使う黒を好んだ

金閣寺日栄軒は、京都で修業した初代が暖簾分けで開いた店で昭和38年創業。京都には餅菓子を売る店も数多くあるが、材料の種類や配合、温度などで味が大きく変わるため、店それぞれの味がある

金閣寺日栄軒の花見だんご

大村が金閣寺に近い日栄軒を知ったのは、近所に友人が住んでいたからという。菓子によって好きな店があり、水無月やかしわ餅などの餅菓子はここが美味しいと気に入っていた

森繁久彌

「ふわふわパンが食べたいねぇ」と孫娘におねだり

酒をやめて、四ヵ月になる。

例に違わず、甘いものを食い出した。食い出して懐かしく少年の日々が私のそばに帰って来た思いだ。大福、これも長い間くわなかった。あべ川餅、羊羹、薄皮まんじゅ、酒まんじゅ、なやばしまんじゅ、ケーキ、熱いどんどん焼

孫・ちえこのバナナケーキ

自宅敷地内に住んでいた次男・建さんの三人の娘たちが作るケーキを楽しみにしていた。三女のちえこさんの担当はバナナケーキ。現在、夫の経営する京王井の頭線西永福の自家焙煎・ヤルクコーヒーで、このケーキを出している

き、アンパン、ETC。
長いこと食べなかった。三十年以上にもなるか。
酒は、こんな楽しい、沢山の食べ物を私から剥奪してい
たのかと思うと、ほんとうに悪い奴だと思う。

「甘いもの」『わたしの自由席』（一九七六）

孫・はるこの
シフォンケーキ
森繁は、敷地内の自分が住む母屋から、建さんの住まいに自ら手紙を運んだ。それは原稿用紙一枚だったり、葉書だったり。そこには、「シフォンケーキ作ってください」と書かれていたり、孫娘に充てたラブレターの時もあった

もりしげ　ひさや　一九一三〜二〇〇九年。早稲田大学を中退後、NHKアナウンサーとして満州へ赴任。帰国後は喜劇俳優に転身。一九五二年、サラリーマン喜劇映画「三等重役」が当たり、「社長シリーズ」「駅前シリーズ」などが大ヒット。テレビドラマ「七人の孫」「おやじのヒゲ」も人気に。「知床旅情」の作詞・作曲など多彩な活躍を見せた。

じじと〃ふわふわパン〃

中島まちこ

じじは、姉のはるこが作る〃ふわふわパン〃が大好きでした。〃ふわふわパン〃というのはシフォンケーキのこと。

ある朝、私がじじを訪ねると、「はるこはいるか？　あのふわふわパンが食べたいねぇ」と言っていました。すぐ姉に伝えると、手際よくあっという間に生地を混ぜ合わせ型に流し込みオーブンへ。三〇分ほどで甘い香りが漂ってきて、ふわっとふくらんだシフォンケーキが焼き上がりました。

ところが、じじはこの三〇分が待てません。何度も「まだですか？」「遅いねぇ」。しまいには「なんでこんなに待たせるんだ！」。子供のようにふてくされ、イラ立つのです。そう、じじという人間は、アッ！と言ったらパッ！　とできないとダメという「アッパさん」なのです。

しかも、シフォンケーキは、焼き上がってから完全に冷めないと型から抜けません。冷めずに抜けばたちまちしぼんでしまい、〃ふわふわパン〃ではなくなるのです。それを私はじじに一生懸命説明するのですが、一向に不機嫌は直らず……。

注文してから二時間、ようやくじじはシフォンケーキとご対面。すると、じじの拍手。

先ほどまでのイラ立ちがうそのような満面の笑み。そうして〃ふわふわパン〃をほおばり、姉に手を合わせます。感謝の合掌です。

それからというもの、〃ふわふわパン〃の注文が入ったときは、私たち姉妹は必ず「すぐできませんが待てますか？」と念を押し、じじの「うん」を確認してから作るようになりました。

「じじ〜。は〜い。〃ふわふわパン〃です。おやつに召し上がって♡」と仕事に行くじじに姉からの差し入れ。「うれしいねぇ」と言ってありがとうのキス♡。そんなやりとりを思い出し、目頭が熱くなりました。

そういえば、おいしいものを持って行くと、次のときも期待したじじ。私の顔を見るなり「おいしい物、持ってきてくれたの？」と聞いてきました。

ちなみに、わたしがじじに差し入れしたおいしいものは、嫁ぎ先の八王子にある「片倉だんご」のおはぎでした。じじは、おはぎを「ぼたもち」と言っていました。

（なかじま　まちこ　孫）

片倉だんごのおはぎ

孫のまちこさんがじじに持って行くのは嫁ぎ先の八王子にあるこの店のおはぎ。中に粒あんが入ったきなこおはぎは森繁用の特別誂えだった。もち米をつぶしすぎない粒が際立った歯ごたえあるおはぎを、森繁は"まちこのぼたもち"と言って好んだ

建さんの家の居間には、孫たちが、じじの誕生日やお祝い事の記念に贈ったスナップ写真が、額装され壁一面に飾ってある。森繁は7人の孫と9人の曾孫に恵まれた　右：手紙は満寿屋で誂えた原稿用紙に書いた。孫たちへの小遣いは、三越製の祝儀袋で渡した

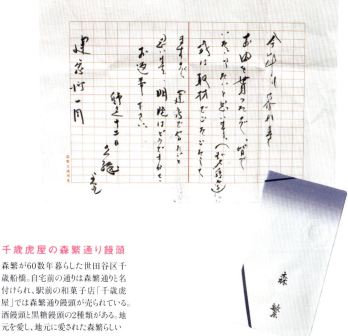

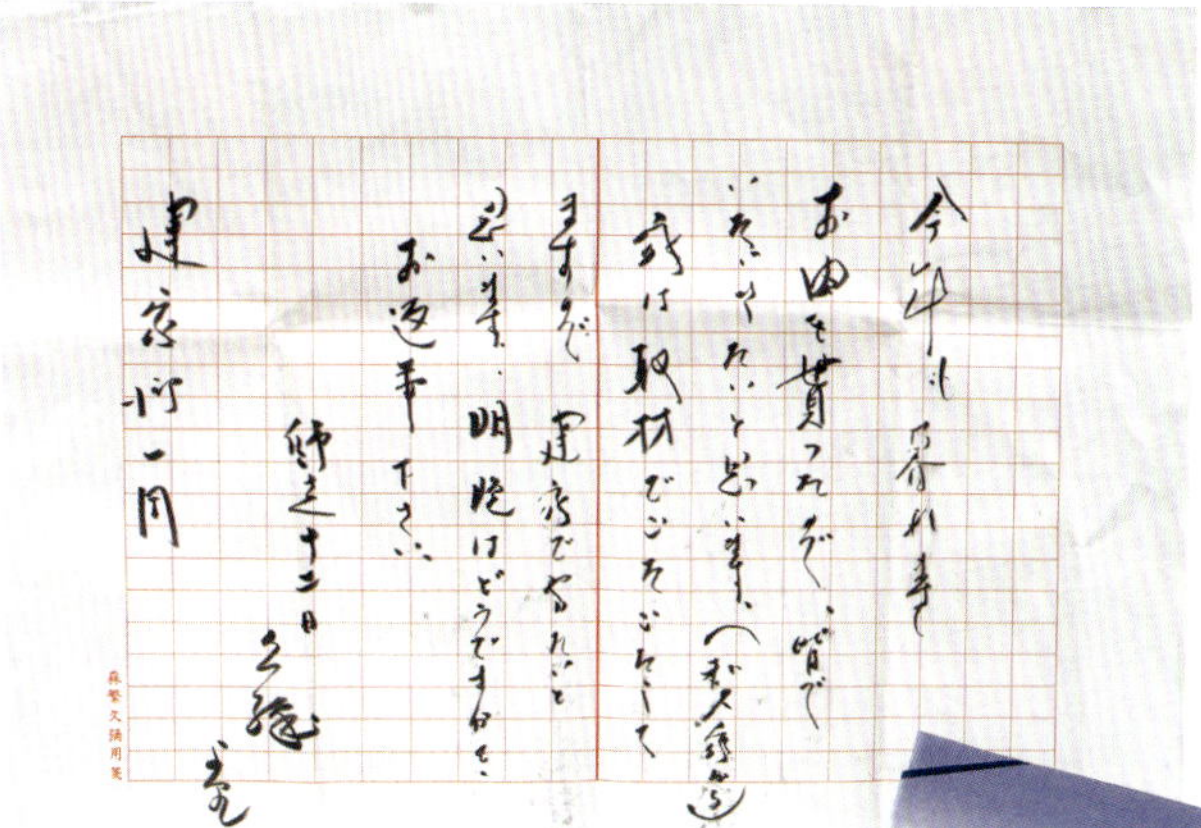
今年も暮れ来て
お肉を貰ったので、皆で
いただきたいと思います。（老人銭から）
私は取材でごたごたして
ますので
建家でやれたいと
思います。明晩はどうですかを
お返事下さい。
師走十二日　久彌
建家御一同
森繁久彌用箋

千歳虎屋の森繁通り饅頭

森繁が60数年暮らした世田谷区千歳船橋。自宅前の通りは森繁通りと名付けられ、駅前の和菓子店「千歳虎屋」では森繁通り饅頭が売られている。酒饅頭と黒糖饅頭の2種類がある。地元を愛し、地元に愛された森繁らしい

ナンシー関

テレビを観ながらお菓子をパクリ

上:好きだったブルース・リーのフィギュアの切り抜き。手帖にはスケジュールのほか、新商品や欲しいものなど、メモ代わりの切り抜きを貼ることも多かった。
下:毎年のスケジュール帳には好きなシールを貼ってオリジナルに

○月×日

コンビニに行ったら「プリン、あら、ど〜も」というプリン味のジュースが売っていた。どうしてそう駄ジャレを言うか。テレビではジョー・モンタナが「どんなモンタナ」とか言ってるしなあ。あれほどやめろって言ったのに沢口靖子は「靖子のポットは使いやすこ」ってまだ言ってるし。駄ジャレの「駄」の意味を、みんなもう一度考えるべきだ。（91年12月）

『何様のつもり』（一九九二）

なんしー　せき　一九六二〜二〇〇二年。青森市生まれ。趣味の消しゴム版画が当時編集者だった、いとうせいこうの目にとまり活動を開始。その鋭い観察眼を活かし、コラムも執筆。タレントやテレビ番組について、多くのコラムと版画を生み出した。著作に『ナンシー関の記憶スケッチアカデミー』など。

土佐屋のいもようかん

以前、住んでいた家の近くに店があり、何の気なしに食べてみたら、美味しかったので好物になった。純粋に芋の味だけのシンプルさが気に入っていた

辻井餅店の
みつかけだんご

青森出身のナンシーが好きだった、みつかけだんご。取り寄せはできないので帰郷すると買っていたという。ナンシーが行った店舗は閉店してしまったが、今も姉妹店で食べられる

松蔵ポテトの
パンプキンワッフル

パンプキンワッフルは食には執着しなかったナンシーが、リクエストして買ってきてもらった数少ないお気に入り

上:ナンシーは仕事中、机の上での飲食をほとんどしなかった。一時期はまり、友人にまで送ったフルーツトマトをつまむ程度だったという　左:チェキというインスタントカメラが好きで、友人らをよく撮っていた　右:仕事のために欠かせないビデオ類　下:展覧会用に作った手製のシール。駄菓子屋の引き物くじのような体裁が凝っている

懐かしい味

いとうせいこう

ナンシーは食べるのも好きだったし、おいしいものを人に薦めるのも好きだった。

例えばフルーツトマトが市場に出たての頃、ナンシーは「とにかくすっごいトマトがあるから」「お菓子みたいだから」と言い始め、ついには「いとうさんにも送るから」と言い出した。

送られてきたフルーツトマトのおいしさといったらなかった。まさに菓子同然の甘さを持っていて、しかも食べやすいあのサイズである。いかにもナンシーが騒ぐだけあるなあと納得した。ありがたがって食べた。

一時、年末だか夏だかにイチゴ煮の缶詰めを送ってくれていたのも思い出す。ウニとアワビがごっそり入った青森のごちそうだが、食べ慣れない私はそれをどうしていいかわからなかった。当時はまだ酒の味も知らなかったと思う。それでナンシーに感想を聞かれてもはかばかしい返事ができなかったのではないか。そのうち送られてこなくなった。

作るのもまた上手で、私が出版社をやめて作った事務所での忘年会では（ナンシーはその小さな事務所にずっと所属してくれていた。もっと動きのいいところもあったろうに、律義な人だった）、ナンシーが何を作ってくるかが話題の的だった。最初は店を借りてやっていたのだが、料理自慢が数人いたので社内にうまいものを持ち込んで宴会を開くようになったのだ。

で、卵焼きが素晴らしかった。みんな「ナンシーの卵焼き」と呼んでいた。今なら「ステラおばさんのクッキー」みたいな、夢の食べ物みたいな扱いだった。むろんナンシーの厳しい目で選んだ卵焼き器で焼かれていた。四角い銅のやつだったと思う。一度、みんなでお願いして持ってきてもらった気がする。

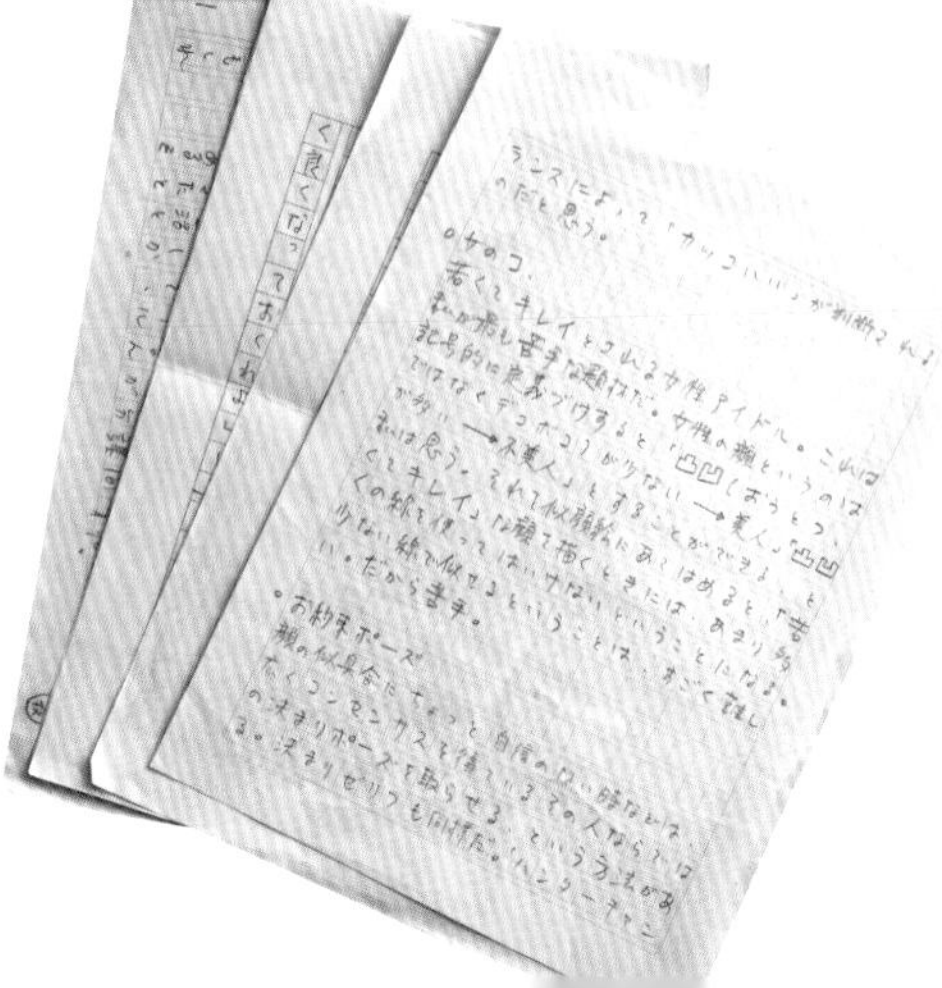

消しゴム版画は当初、ステッドラーの一番大きなサイズの消しゴムを使用。その後、商品提供をうけたヒノデワシの製品を使うように。ロール状の消しゴムは置く場所が無く、廊下にひき、その上を歩いて生活していたという
右:手書きの原稿。彼女ならではの批評眼が冴える　左頁:小野ヤスシが冷蔵庫に!

その卵焼き器で作られたのは、見事な焼き目の付いた黄色い卵焼きだった。何層にも重なった甘めの卵焼き。それがナンシーの荷物からパックか何かに入れられて出てくるのである。みんな、ヒューヒュー言った。食べたくて仕方ないのだった。

　ナンシーは「何騒いでんだか」みたいなことを言いつつ、いつもの照れ笑いで吹き出したと思う。しっかり作ってきたくせに、たいしたものじゃないような素振りだった。それで、俺たちはしばらく飲んで食べてしゃべって、宴のほぼ最後に「ナンシーの卵焼き」を口に入れた。ふわふわしていて、甘じょっぱい汁がじゅっと出てくるやつを。

　これはナンシーのご家族に送ってもらったのだったか、青森名物の小山せんべいもうまかった。アーモンドとかピスタチオの入っている厚めの甘いせんべい。これは気に入りすぎてちょっとずつ食べたし、青森に行く機会に店を見つけて、以来寄れば必ず買っている。

　ということで、おそらく薦め上手の家族とともに育ったナンシーは、ふるさとのうまいもの、あるいはふるさとで作っていただろう味を、我々に吟味した上で分け与え続けたわけだ。

　おかげで教えてもらったおいしいものがみんな、自分のふるさとの味みたいに懐かしく思えて仕方がない。

（いとう　せいこう　作家）

江戸川乱歩

酒よりもあんこをこよなく愛した

右:池袋、三原堂の前で。乱歩は外出時、自ら三原堂へ手土産のための最中や饅頭を買いに寄った　下:子ども向けのシリーズ『黄金仮面』と『怪奇四十面相』(共にポプラ社)

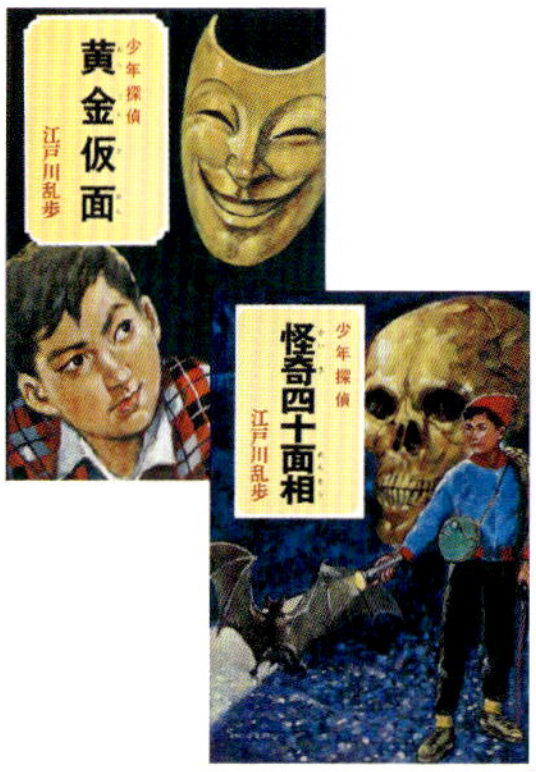

これも、いつもとちがっていました。いつもは、スミ子ちゃんがかばんを持って、にいさんについて、二階にあがることになっていました。そして、そのおれいに、机の引き出しにしまってあるチョコレートや、キャラメルを、スミ子ちゃんにくれるのです。

ところが、にいさんは、かばんをスミ子ちゃんにわたそうともしなければ、部屋にはいっても、おかしのしまってあるひき出しを、あけようともしません。スミ子ちゃんが、机のそばに立っても、へんな顔をして、じろじろとながめるばかりです。

にいさんは、四十面相がやってくるというので、気がおちつかなくて、いつものやりかたを、わすれてしまったのでしょうか。

『塔上の奇術師』（一九六四）

えどがわ　らんぽ　一八九四〜一九六五年。三重県名張市生まれ。貿易会社勤務、古本商などさまざまな職業を経て作家に。日本における推理小説の基礎を築き、雑誌「宝石」では編集を担うなど新人育成にも尽力した。代表作は「屋根裏の散歩者」を始めとする探偵・明智小五郎シリーズ、『陰獣』など多数。

グリコの
アーモンドチョコレート

酒をあまり飲まなかった乱歩は小豆や煮豆などの甘いものを好んだ。監修したテレビ番組の収録のときは、アーモンドチョコレートも入っている大箱を持って帰ったという

甚平姿で氷あずき

平井憲太郎

ジリジリと焼けるような、まばゆい照明の下から、ドーランの下に汗をにじませて、私が息を潜めている薄暗い一角を、男前の俳優が通り抜ける……。

これが、祖父に連れられて初めて経験した六〇年近く昔のテレビスタジオの風景だ。

私の祖父である江戸川乱歩がレギュラーで出演していた「この謎は私が解く」という番組があり、二週ワンセットとなっていて一週目で謎の出題、二週目に祖父と何人かのゲストが前週の謎をそれぞれに解いてみて、それから解答編のドラマを行う、という構成だった。テレビドラマデータベース（http://www.tvdrama-db.com/）というサイトで調べたところ、一九五八年一月から一九六〇年十二月まで三年間にわたって一四七回も放映された三〇分番組だそうだ。

記憶はあやふやなのだが、私がスタジオに連れて行って貰ったのは、おそらく放送の終了の予定が決まったころ、一九六〇年代の中頃だったのだろう。まだまだ全部が生放送だった時代である。

実はこの放送のスポンサーが、江崎グリコだった。そしてこの見学のずっと以前から、二週間に一度、祖父がスポンサーからのお土産として持ち帰る「グリコの詰め合わせ」が、なによりの楽しみだった。白いボール紙のケースには、定番のおまけ付きグリコをはじめ、その頃発売されたばかりのアーモンドチョコレートなど、なかなか子供には手の出ないお菓子が入っていて、それは嬉しかったことを覚えている。

昭和33年から約2年続いたテレビ番組「グリコミステリー劇場・この謎は私が解く」。乱歩は監修を担当。毎回登場し、視聴者とともに謎を解くという趣向で、高視聴率を記録した

祖父とお菓子ということで、一番に思い浮かぶのがこのイベントなのだが、もう一つ祖父の大好きだった甘いものがある。

それが、氷あずきだ。

このスタジオ見学の頃に、わが家にも電気冷蔵庫がやってきたが、まだまだ氷を入れる原始的な冷蔵庫も現役だった。上段に氷屋さんが届けてくれる大きな氷を入れ、下段に食品を入れるわけだ。そして、この上段の氷が祖父の好物、氷あずきの原料なのだ。

小豆を家で炊いていたのか、粒餡になったものを買ってきていたかは定かではないけれど、どこかのお店にありそうな大きなハンドルの付いたかき氷マシンが自宅にあった。子供たちは小豆なんかよりも色鮮やかなシロップが大好きだったが、祖父は必ず小豆だった。

いまではすっかり見なくなってしまったが、和室の仕切は夏になると、襖から簀戸《すど》に入れ替えた。大きな音を立てる扇風機に吹かれながら、甚平姿（祖父は夏は甚平が大好きだった）で美味しそうに氷あずきを食べている祖父の姿が脳裏に浮かぶ。

（ひらい　けんたろう　鉄道雑誌編集者・孫）

氷あずき

氷あずきは乱歩の好物。家には氷をかく道具が揃えてあり、家で氷あずきを楽しんだ。1950年代当時、氷は冷蔵庫を冷やすために使ったので、家に常時あったという（撮影協力：三原堂）

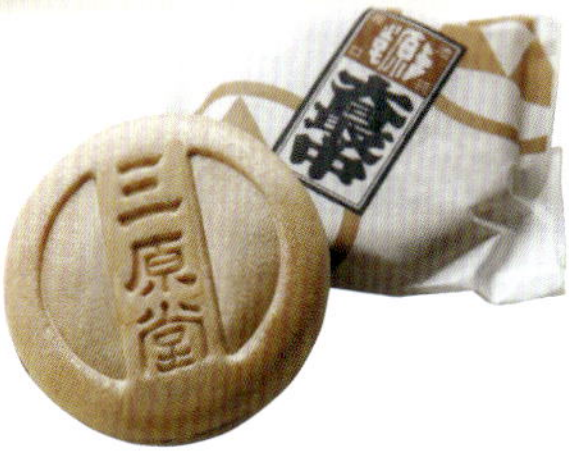

三原堂の最中

昭和12年創業の三原堂。当時、自宅近くには何軒も菓子屋があり、家用、贈答用など、用途によって使い分けていた。三原堂の菓子は人づきあいの良い乱歩が手土産によく利用した

三原堂の薯蕷《じょうよ》饅頭

山芋と米粉を使い、しっとりした舌触りの皮の中に、十勝の小豆を店で焚いた餡が詰まっている。乱歩が食べていた頃より少し砂糖を控えめにしているが味はほとんど変えていない

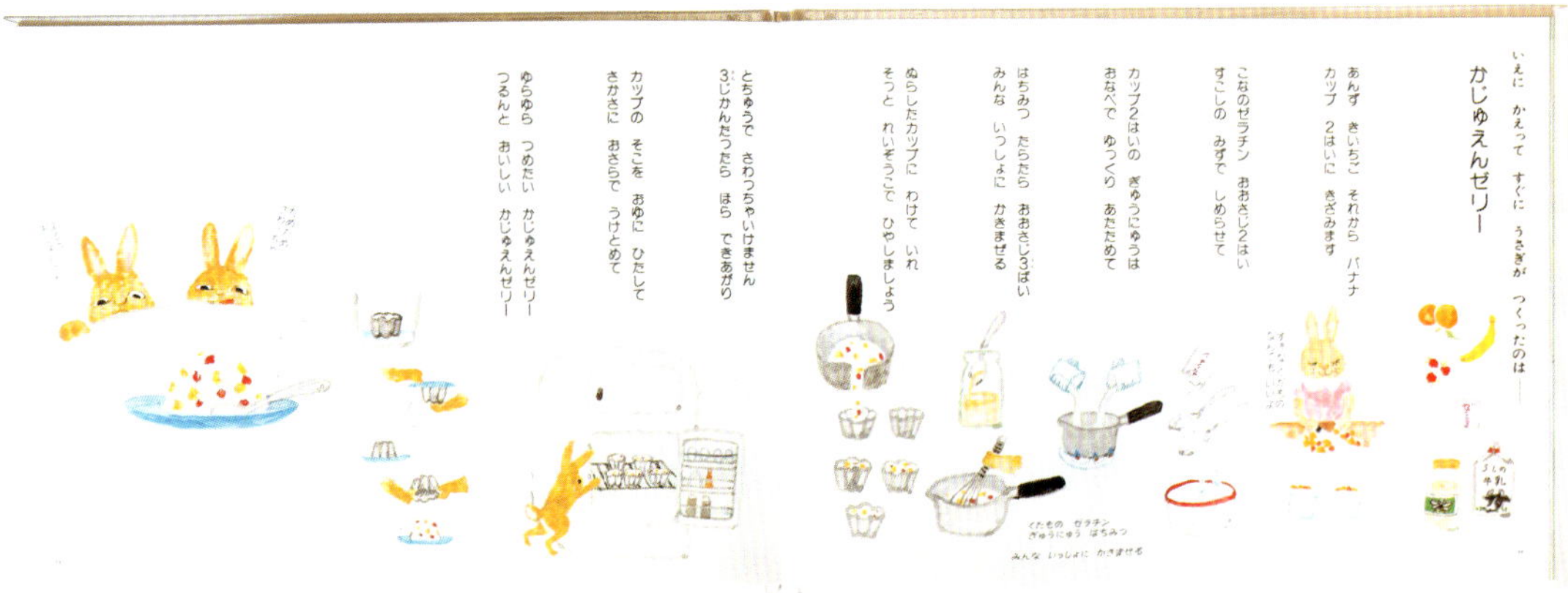

かじゅえんゼリー
いえに　かえって　すぐに　うさぎが　つくったのは――
あんず　きいちご　それから　バナナ
カップ　2はいに　きざみます
こなのゼラチン　おおさじ2はい
すこしの　みずで　しめらせて
カップ2はいの　ぎゅうにゅうは
おなべで　ゆっくり　あたためて
はちみつ　たらたら　おおさじ3ばい
みんな　いっしょに　かきまぜる
ぬらしたカップに　わけて　いれ
そうと　れいぞうこで　ひやしましょう
とちゅうで　さわっちゃいけません
3じかんだったら　はら　できあがり
カップの　そこを　おゆに　ひたして
さかさに　おさらで　うけとめて
ゆらゆら　つめたい　かじゅえんゼリー
つるんと　おいしい　かじゅえんゼリー
くだもの　ゼラチン　ぎゅうにゅう　はちみつ
みんな　いっしょに　かきまぜる

おいしいもの つくろう

『おいしいものつくろう』(岸田衿子／文、白根美代子／絵　福音館書店)は、ウサギの家の朝ごはん「オムレツ・フラメンコ」、おやつの「かじゅえんゼリー」など、料理のレシピがそれぞれ短い詩になった絵本。　左頁:浅間山麓の山小屋で。2006年頃

岸田衿子

摘んだきいちごでフルーツケーキを作り

こんなに　きいちごが　なりました
みつけたのは　だあれ
そう
くまと　りすが　いっしょ
くまと　りすは　いそいで　でかけます
きいちご　ぽちん　ぽちん
なってるか　なってるよ
すっぱいか　あまいだろ
りすは　ちいさな　りゅっくさっくに　ひとつだけ

『くまとりすのおやつ』(きしだえりこ／ぶん、ほりうちせいいち・もみこ／え　福音館書店)
ここでも、衿子さんの大好きなきいちごが出てくる

くまとりすの
おやつ

くまは　おおきな　かごに
たくさん　つみました
くまと　りすは　どんどん　どんどん　あるいて――
このへんで　おやつに　しょうかな　うん
りすは　ひとつだけ　たべて　おなか　いっぱい
ちいさいんですからね
くまは　たくさん　たべて
おなか　いっぱい
おおきいんですからね
それから　くまと　りすは
おひるね　しました
くまと　りすは　あしたも　きっと
つみに　いきますよ
きいちご　ぽちん　ぽちん
なってるか　なってるよ
すっぱいか　あまいだろ

『くまとりすのおやつ』（一九八九）

きしだ　えりこ　一九二九〜二〇一一年。東京杉並生まれ。東京芸術大学油絵科を卒業するも詩人に転身し、子ども向けの絵本や執筆、翻訳を手掛けた。『かばくん』『きいちごだより』など。テレビアニメ「アルプスの少女ハイジ」「フランダースの犬」の主題歌の作詞でも知られる。父は劇作家の岸田國士、妹は女優の岸田今日子。

泉屋のクッキー
竹風堂の方寸
パティスリー・セレネーのケーキ
菅屋の金覆輪《きんぷくりん》

「母はまるで、子供や動物、植物の世界の住人のようでした」と長男の未知さんは語る。

父の岸田國士が遺してくれた浅間山麓の山小屋暮しが長かった。テレビも新聞もない暮らし。昭和が平成に変わったことも知らなかった。子供のころ、飼っていた山羊を連れて遊んだ少女はそのまま大人になり、毎日、ブルーベリーやきいちごを摘み、吾亦紅《われもこう》や松虫草を採っては山荘に飾った。摘んだブルーベリーやきいちごは絵本になり、ケーキを焼けばたっぷりの生クリームの上に飾られることになった。

晩年は、衿子さんとの共著『きいちごだより』『ねこねこやなぎ』『おいしいかぞえうた』で絵を描いた画家の古矢一穂さんが、身の回りの世話をした。食事を作るのも、車を運転して東京と浅間山麓を行き来するのも古矢さんだった。おやつの準備も紅茶を淹れるのも古矢さんだった。

客をもてなすのが好きだった。谷中の家に来た客には、根津にある「セレネー」の洋菓子を出し「菅屋」の金覆輪など土産も持たせることもあった。

上:『きいちごだより』(古矢一穂／絵、岸田衿子／文　福音館書店)。 上左:浅間山麓の山小屋の近くで、きいちごを摘む。2006年　上右:谷中の自宅の窓辺。フランス在住の画家・黒須昇さんのコラージュが見える

谷中の自宅2階にあるチェンバロ。東京都立新宿高校の音楽教諭だった日本のチェンバロ製作・研究の第一人者・野村満男さんの作品。色と絵付けは絵本作家の白根美代子さん

谷中の自宅居間の食卓で。未知さんによると、お菓子は自分で味わうよりもひとをもてなすために買うことが多かったという。根津の交差点にある「パティスリー・セレネー」は、谷中の自宅に近いこともあり、洋菓子ならこの店だった。兵庫県宝塚「菅屋」の金覆輪は、まるごと一個の栗を十勝小豆の餡でくるみ、それをまた手芒豆、卵黄の餡で包んだ贅沢で大変美味しいお菓子。小布施の「竹風堂」の楽雁も気に入っていた。クッキーの「泉屋」は、昭和2年、京都市上京区で開業。子供の頃から親しんだ味だった

野坂昭如

戦前の神戸で味わった思い出の焼き菓子

1979年撮影。雑誌の対談で

しかし、ママは、自分が、昔、食べたような、クッキー、パウンドケーキ、エクレア、サバランなど、何とかして、子供に味わわせてやりたいのです。

そういうママの気持が通じたのか、半年ほど前に、ドイツ人の経営する古いお菓子屋さんが、もう空襲で焼け出されるに間違いないから、ありったけの材料で、最後のケーキをつくるという噂が伝わり、ママは、いそいで駈けつけました。

もちろん、内緒のことで、戦前からのお客にだけ、分けたのですが、ママが必死にたのみこむと、肥ったドイツ人のお上さんは、

「また、きっとおいしいケーキの食べられる時が来ますよ」

と、やさしく笑いながら、ケーキを売ってくれました。

それは木の年輪をかたどった、バウムクーヘンでした。

「焼跡の、お菓子の木」『戦争童話集』（一九七五）

のさか　あきゆき　一九三〇～二〇一五年。鎌倉市生まれ。早稲田大学仏文科卒業後、CMソング、テレビ台本などを書く。一九六三年、「おもちゃのチャチャチャ」でレコード大賞作詞賞受賞。六七年、「火垂るの墓」「アメリカひじき」で直木賞受賞。戦後日本の繁栄を〝焼け跡〟を通して見つめた。八三年には、参議院議員に当選した。

戦前の神戸ユーハイムのお菓子

野坂はオンライン小説「いつもいろんな犬といっしょ」に、昭和11年頃の神戸の思い出を書き、「車、カメラ、玩具に鉛筆などジャーマン製、ケーキならユーハイム。洋服はほゞイングランド。」と綴った
右: 昭和初期撮影と思われる神戸ユーハイムの店内と広告。1922年開店当初は、コーヒー15銭、チョコレート、マロングラッセ、ピラミッドケーキ（バウムクーヘン）各1ポンド2円だった

最後のお菓子

野坂暘子

　五三年間も御一緒させていただいた、野坂昭如さん。お酒のグラスを持つ姿はすぐ目に浮かぶが、ハテ、おやつといえるようなものを口に運んでいるお姿は……うーん、思い浮かばない。

　食事も俗に言う早食い。時間も定まらず、書斎から出てくるのを待つ。

「夕食は何がいいかしら、ご希望あります?」「ご飯つぶのようなものを残しておいて下さい」「えっ、ご飯つぶのようなって」と、よく小さなケンカをした。しばらくして、よく判った。彼は本当にお米が好き、大事なのだ、残すなどもっての外。

「あなたの一番好きな食べものは?」「おにぎり」「中身は何がいいの?」

　中身など無くてもよい、あれば梅干、海苔も無くてよい、塩があれば、と言う。お米をお腹いっぱい食べられることの有難さを、いつも忘れない人なのだ。

　戦争は昭如少年から何もかも奪い、彼は焼け跡にひとりぼっちとなる。そして飢餓地獄を体験する。頭の中は食べもののことだけ。一人っ子で育った自分が贅沢に残した食べもの、食べ散らかしたおやつのあれこれ、飢えの中で浮かんでは消えたと話してくれた。

　昭如の少年時代はかなり恵まれていたようだ。養母はまめにおやつを作ってくれたという。スイートポテト、ドーナツ、ピーチやみかんの缶詰も贅沢なおやつ。ときにぼた餅。旨かった。野坂は酒飲みで通っているが、実はぼた餅、大福など和菓子も好物。けれど人前では決してそれらを食べることはないという。変な人です。いつも書斎の机の下などに、甘納豆、羊羹など隠し、秘かな楽しみとしていたらしい。後に、書斎の戸棚から、カチカチになったそれらが出てきて、思わず泣き笑いをさせられた。

　子供の頃の娯楽の少なかった時代、彼の家では買い食いは禁止。お祭の日にだけ買い食いが許され、禁止の肉テン、お好み焼など、隠れて食べて美味しかったと笑った。

自らの戦争体験を童話仕立てにした『戦争童話集』

　ただひとつ、特別だったのが、神戸にある洋菓子店、ユーハイムのバウムクーヘン。養父がバウムクーヘンを作ったドイツ人と親交があったため、よく養母に連れられてユーハイムを訪れた。戦争が激しくなってきていたあるとき、ユーハイムの女主人が悲しげな表情で、「ドイツが降伏してしまったこの先、どうしたらいいのだろう」と言いながら、彼の手にバウムクーヘンの入った紙袋を手渡し、「これが最後のお菓子になるでしょう」と言った言葉が忘れられないと言っていた。

　文筆により口を糊するようになって以後、戦前戦後を通じ、最も美味しいお菓子は、ユーハイムのバウムクーヘンであると、ぼくは断言するとも言っていた。バウムクーヘンは野坂にとって、戦前を甦らせる、重要なキーワードなのだ。

（のさか　ようこ　妻）

石元泰博

妻のチョコレート 夫のデザート

ショコラティエ・エリカのミント

まだショコラティエが珍しかった1982年創業の白金台のショコラティエ・エリカ。滋子夫人は、親しい間柄の客人には、和菓子が無い時には抹茶と一緒にミントチョコレートを添えた

「冷蔵庫が変よッ!! 冷蔵庫のアイスクリームが溶けているッ!!」と女房が悲鳴をあげた。カタログを集め、実物見聞に秋葉原に繰返し出掛けるという、我ながら周到な品定めの末、二人暮しにしては馬鹿デカイ新品が台所におさまった。

去年の暮には当マンションの地下貯水タンクから屋上タンクに水を揚げるポンプが故障して、住民一同大さわぎをした。これも年があけてから新しく替えたばかりだ。

今のところ、内憂外患いづれも目出度くおさまって、水は良く出るし、アイスクリームも溶けない。

「六十年春」『石元泰博+滋子 ふたりのエッセイ』(二〇〇八)

いしもと やすひろ 一九二一〜二〇一二年。米国サンフランシスコ生まれ。三歳で父の郷里、高知県に帰郷。一九三九年に再渡米するが第二次世界大戦時、日系人強制収容所に収容される。シカゴ・インスティテュート・オブ・デザインで写真を学び、五三年以後は日本に活動の場を移す。代表作に『桂離宮』『伊勢神宮』など。

『色とかたち』(2003年 平凡社)。その才能は学生時代にモホリ・ナギ賞受賞など早くから開花

秘密の苺のワイン漬け

太田徹也

石元先生の奥さま（滋子さん）がお元気だった頃は、彼女が茶道の先生だったこともあって、いつも仕事の打ち合わせが終わると、季節の和菓子と抹茶が出された。また、抹茶と一緒にチョコレートやクッキーが出ることもあった。

先生が苺のワイン漬けのデザートを作られるようになったのは、奥さまが亡くなられしばらくしてからだった。作り方を聞くと、苺を二パック用意し、水洗いしてボウルに移し、スプーンで軽くつぶして砂糖を適量加えて、そこに赤ワインをたっぷり注ぐ。どんなワインですか？　と尋ねると「普通のワインだよ」と笑っていらした。ワインを注いだら、冷蔵庫で二日二晩、寝かす。寝かしているうちに味が馴染み、アルコールの熟成がすすむ。よく冷えていて、程よい甘さのデザートだ。バカラの器に入れて出して下さった。春から初夏に伺うとこの苺のワイン漬けのデザートが定番だった。但し、このデザートはあまりに人気が高く特定の人だけが味わったらしい。

じつは、奥さまがいらした頃は、二人だけのデザートで、この苺のワイン漬けが出されたことはなかった。以前先生がニューヨークで軽い脳梗塞で倒れ、奥さまがリハビリをかねて先生をキッチンに立たせ、一緒に苺のワイン漬けを作っていた時期があったという。先生はそのときのことを思い出されて作るようになったのではないかと想像する。

和菓子やお茶を好まれる一方で、食に関して先生は魚よりも肉、寿司よりもステーキがお好きであった。「これが血となり、肉となるんだから」とおっしゃっていた。また食後にはいつもメロンやグレープフルーツなどの旬の果物をいただいていた。

奥さまとはとても仲のいい〝おしどり夫婦〟で、パーティの席ではいつも同伴だった。寡黙な先生に対し、彼女は能弁で、社交的な面でも先生をいつもサポートされていたと思う。私は、その奥さまから長い間、お茶の教授をしていただいた。いつもお稽古の折は、練習のための茶道具は使用せず、魯山人など本物の器を使うのでびっくりした。普段から本物の道具に触れることで、物を大事に扱うということを教えてくださった。礼節を大事にされ、仕事に対してはとても厳しいご夫婦だった。

先生は仕事では、写真のコンタクトプリントをほとんど作らなかった。「ネガを見れば分かるよ」とおっしゃっていた。『桂離宮』や『伊勢神宮』などの撮影は、アングルを決めるのにかなりの時間をかけられ

竹中工務店のPR誌「approach」の表紙撮影のため、自身が描いた絵を持つ石元。ときに石元は、自ら描いた絵を写真のモチーフにすることもあった。撮影＝太田徹也

たという。一つのアングルに対し、シャッターを切るのは露出を変えて三枚だけ。一枚のネガに対し、紙やきは調子を変えて三〜五枚のプリントに仕上げていた。

外出の時は、いつどこで思わぬ被写体に出会えるか分からないので、いつも三五ミリカメラを持ち歩き、時間・空間の一瞬を切り撮っていた。さらに先生は街のカタチや人物を撮るだけでなく、ゴミ一つでも、ファンタジックにとらえることができた。

石元泰博先生の作品は、厳格でありながら、どこか人間への優しさをも備えており、それは生前好まれた苺のワイン漬けのほど良い酸味にも通じるものであったと思う。

世界的に有名な写真家である石元泰博氏には、写真界で仕事をしている人たちなら誰もが、一度や二度その作品と人物に会っていると思う。石元さんの作品は、緊張感あふれた静かなモノクロームの写真が特徴で、ひと目で彼の作品とわかるものだった。それと夫婦仲のとても良かった人柄が知られている。今はお二人と過ごした幸せな時間がしのばれる。

（おおた　てつや　グラフィックデザイナー）

苺の赤ワイン漬け

酒をほとんど飲まなかった石元だが、晩年、親しい友人にはこのデザートを作ることもあった。冷蔵庫でよく冷やし、バカラのガラスの器によそい、もてなした。
撮影＝須藤昌人

濱田庄司

一日二回味わう好物の茶菓子

空也の最中

東京へ行くとよく買った菓子のひとつが空也の最中と生菓子。国内外、さまざまな場所へ赴いた濱田は、現地で美味しいものに出会うと土産に持ち帰った

東西、新旧の陶器を問わず、私の焦点を通して自分の好きなものには、まずます想いを深めるばかりだが、私は夏の朝の畑に立ってみて、胡瓜、茄子、かぼちゃ、みんななったままの自然で鮮やかで、私の焦点に関係なく、立派なのには参った。焼物でも作ったというよりも生れたというような品がほしい。これから轆轤をひくときは、ひきおわっても壺の口や、鉢や茶碗の縁が、まだ動きがやまないで延びつづけているように見えてほしい。昔からよい茶碗は外より内の方が大きく見えるといわれるのも急所を突いた言葉だと思う。今まで展覧会へ出品出来る品を選ぶには、一割くらいきり採れないのが普通だが、いつかはこだわらずに皆出品して恥かしくないようになれないものか。

「自選陶器集について」『無盡蔵』（一九七四）

はまだ　しょうじ　一八九四〜一九七八年。神奈川県川崎市生まれ。東京工業大学窯業科を卒業後、京都市立陶芸試験場に勤務。同試験所には河井寛次郎も勤務していた。柳宗悦、バーナード・リーチらと知り合い、民藝運動に参加。リーチと共にイギリスのセント・アイヴスに窯を開いた後、栃木県益子に居をかまえた。

客人をもてなすのが好きだった濱田庄司。庄屋の家を移築した自宅には世界中から、人が集まった。写真:手前からイギリスから来た女性、陶芸家の佐久間藤太郎、濱田と弟子たち

妻の和枝さん、孫の琢司さん（左）と工房では10時と3時がお茶の時間と決まっていた　下右：住居と工房は「参考館」の名で公開されている　下左：濱田の器に盛られた黒糖まんぢう

赤羽まんぢう本舗の黒糖まんぢう

前頁下左:家には弟子たちや出入りの大工、植木職人などが集まるため、休憩用の饅頭も一度に100個も買った。戦後、食糧不足の時には「濱田の家に行くと饅頭が食える」と言われたことも

サーターアンダギー

まだ全国的には知られていなかった沖縄の揚げ菓子、サーターアンダギーも、早くから定番のおやつとして家で作っていた。いつも大人数で食べるので、急須も大型のものを使った

体と心の栄養

濱田友緒

　食通というより健啖家であった濱田庄司。とにかく、うまいものを沢山食べた。そして、その活力で自身の作陶や民藝運動の主導、益子焼の発展への尽力や後輩の育成、日本中世界中の工芸品民芸品の収集などに邁進した。

　酒が飲めなかった庄司は、ビールの代わりにウィルキンソンのミネラルウォーターとバヤリースのオレンジジュースを食事に合わせていた。もちろん甘党なので、菓子類をこよなく愛した。菓子にはもっぱら緑茶を、猫舌なので慎重にすすって飲んでいた。

　空也の最中や桃林堂の菓子なども好んだが、益子町の赤羽まんぢうは毎朝一〇〇個も取り寄せていた。これは、庄司が全て食べたわけではなく、工房の陶芸職人や弟子、出入りの大工、植木屋、農家、それから庄司を慕い訪問する若手陶芸家、来客などに振る舞った。もちろん、庄司も数個は腹に入れていただろう。六本木にあったユーラシアン・デリカテッセンという洋物菜屋も民藝運動諸氏に愛され、庄司もこまめに通った。ここのレアチーズケーキやハンバーグは本当に美味しかった。

　私は子供ながらに、食欲旺盛な庄司の太鼓っ腹を頼もしく眺めていた。庄司は孫の私には甘く、二人で私の母の目を盗んで、冷蔵庫の上に箱買いで常備してあるハーシーズのキスチョコを素早く頬張ったりした。そのせいで私は、子供のころはひどい虫歯持ちであった。庄司は戦前から熱心に沖縄を支援し、沖縄の陶芸や工芸の発展に尽力した。冬場は度々長期滞在制作もした。沖縄が米軍統治下の時は、ハーシーズなどの洋菓子は入手しやすかったのだろう。もちろん、アメリカにも陶芸の指導やワークショップの開催に行っていたので、キスチョコは我が家のなじみの土産になっていた。

　旺盛な活動力で日本中、世界中を闊歩した庄司は、先々の名物料理や菓子などで感心したものを、益子でおおよそのレシピを知らせて祖母に再現してもらい、濱田家の定番料理にしていった。イギリス・セントアイヴスのコーニッシュ・パスティーは「益子ぱぁすちー」と名を変え定着し、沖縄のサーターアンダギーやブルガリアのヨーグルトは今でも作り続けている。庄司は、自作の角皿や大皿などの器に各地由来の庄司好みの料理を盛り付け、たっぷりと来客にもてなした。

　料理を用意した人への感謝を大事にした庄司は、味付けや調理の出来具合をとやかく指摘するようなことはなく、いつもニコニコと「やあやあ、うちには名人のコックがいて大したもんだ！」と褒め、嫁に来たばかりのころの私の母は、この優しい気配りの言葉にずいぶんと助けられた、と述懐していた。


（はまだ　ともお　陶芸家・孫）

ハーシーのキスチョコレート

濱田は陶芸の視察旅行でイギリス、アメリカ、メキシコなど世界中を旅した。お土産として持ち帰り、その後は取り寄せるようになった濱田家の常備のおやつ。いつも大箱で届いたという

開運堂の真味糖

長野県・松本は松本民藝家具などもあり、民藝運動と縁の深い土地。真味糖は鬼胡桃と砂糖、蜂蜜を卵白などで固めた菓子　下:孫の友緒さんと濱田庄司。1968年頃

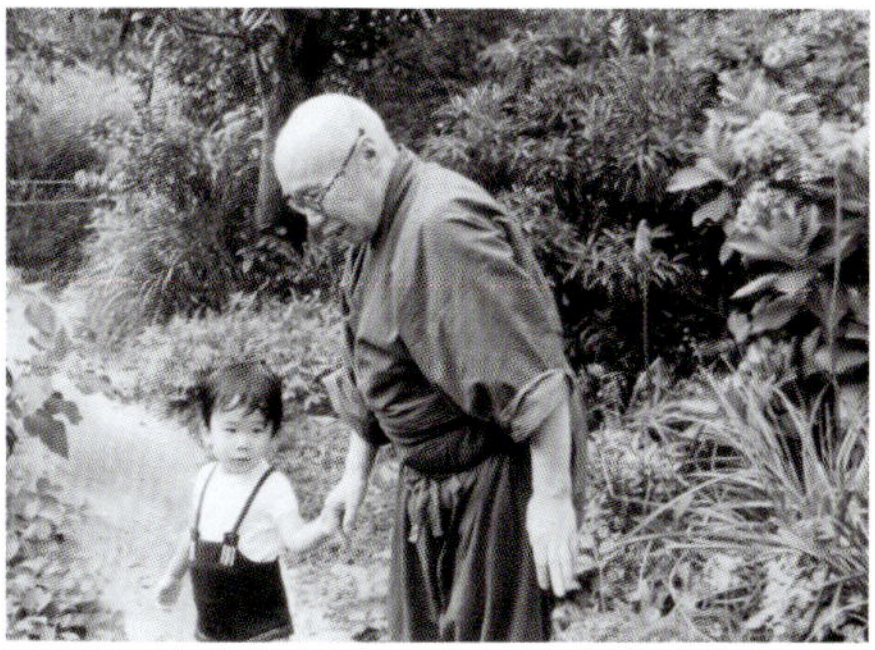

柳家小さん

信玄袋を提げて近所の和菓子屋まで散歩

梅園の豆かん

浅草演芸ホールで高座があるときは、仲見世裏のこの店に顔を出した。食べるのは決まって「豆かん」で、豆の塩加減が好きだったようだ

あんこものが好きで、巡業で訪れた地方や、寄席に行ったついでに何か見つけては買ってきた。酒も甘いものもいける両党だった

あたしの師匠は、ほかの師匠みたいに、一席ずーっとやってくれてから教えるということはしない人でした。

「稽古してやるからおいで」ってんで、行くってえと、イスに腰かけて、前のテーブルに足をのっけちゃってね、この咄《はなし》はこうだ、ああだって、ただ、咄の内容を説明して、こうやったほうが良いというようなことを言ってくれるだけなんです。いってみれば、演出法を教えるということでした。

「そこつ長屋」なんぞは、三代目（小さん）の師匠は、こういうふうにしゃべったとか、ここんとこはこうだとか、そういうことを注意してくれるわけですよ。「あとで自分で肉をつけろ」って言うだけなんです。それで、あたしが高座でしゃべっていると、楽屋で聴いててくれて、「ああ、あれでいい。もう少し、それが長くなればいい」なんつってね。

「三代目の影法師」『咄も剣も自然体』（一九九四）

やなぎや　こさん　一九一五年〜二〇〇二年。長野市生まれ。十六歳で四代目小さんに弟子入り。その後召集され、一九三六年、二・二六事件の反乱軍に組み込まれる。四七年、小三治を、五〇年、五代目小さんを襲名。巧みな話芸と豊富な表情で人気を博す。九五年、落語家初の人間国宝に。剣道の段位は範士七段。

志むらの
甘辛団子、草団子、福餅

あるとき、ひとりで志むらにやってきた小さん。帰り際、「傘がない」と慌てるのを見た店主が、「師匠、腕にかけてますよ」と言うと、小さんは照れながらにんまり笑った。こんなこともあった。先代が亡くなって代替わりした当初、和菓子の味が変わった。しばらくして店にやってきた小さん、「同じ味になったよ」と店主に告げたという。"目白"と呼ばれ、地元で愛された小さんだった

目白の自宅で。テーブルのこの席にいつも座った。好きなお酒も甘いお菓子もこの席でいただいた

志むらの赤飯、イチゴジャム

毎年、誕生日の1月2日に、道場に弟子たちを招き、志むらの赤飯を木箱に何箱も注文した。イチゴジャムは贈り物に誂えた。特に古今亭志ん朝がこのジャムを気に入っていた。グラニュー糖とイチゴだけの甘さを志ん朝は好んだ

小豆のあんこが好きだった父

小林喜美子

父は食べる事が大好きでした。寄席の打上げなどで、弟子たちを連れて中華料理店へ行くと、充分に食べさせたい思いから、いつも沢山頼み過ぎて、弟子たちは残しては失礼と必死に食べるので、みな胃を壊したとか……（笑）

和食では特にお鮨、鰻。洋食ではステーキ、上野のぽん多のタンシチュー。お蕎麦も大好きでしたね。一度お蕎麦屋にふらりと入り、ざるそばを食べようとふっと周りを見ると、みな一様に父を注目している。落語でお蕎麦を食べる仕草は知っているが、実際はどんな食べ方をするのかと。ガッカリさせてはいけないと、父は江戸っ子らしくチョコっと汁をつけてスルスルッと食べたそうな。後で、本当はドップリ汁をつけた方が好きで美味しいのだと笑いながら話してくれました。

おやつといえば特に小豆のあんこ。黒餡が好きで、餅菓子など中味が白餡だとガッカリしてました。実は食べたら美味しいのですがね。近所の床屋さんに週二回通っておりました。あの五分刈りという短髪で、週二回も切る所があるのかしらと思いますが、どうも父は床屋に行くのが好きだったようで、その帰り、近くにある「志むら」という甘味処で娘の分もおやつを買って来てくれました。たいてい「ふくさ」という大福の生地であんこを包んだ菓子やみたらしだんごでした。

寄席に行ったときには浅草の梅園の豆かん。父はここのお豆が塩加減、柔らかさとも一番美味しいと。今でも私は時々買い、父の仏前に供えてからいただいています。

ケーキはショートケーキが一番で、たまにブランデーの利いたサバランも好きでした。そんなときはコーヒーですが、普段は自分で丁寧にお茶を点《た》てていました。

父の誕生日の一月二日は寄席が終わってから、お弟子さん、孫弟子たち、そして贔屓のお宮様、総勢百名ぐらいがお見えになります。私は一口カツや、サラダなどおつまみ類を作り、そして「志むら」のお赤飯と豚汁が決まりでした。正月の二日から志むらさんは毎年大変だったと思います。本当に有難かったですね。御節料理ばかりのお正月に、お赤飯と一口カツは喜ばれました。

お鮨は週四日通う事もありました。近所に「鮨よし」というお店がありました。亡くなる前日、剣道で膝を少し痛めていたため階段を使って地下の店に行けない父のために、好物をのせた散らし鮨を取り寄せましたがまさか最後の晩餐になろうとは。この事が新聞などに載り、父が最後に食べた散らし鮨を注文する客が多かったそうです。

母が亡くなったとき、もう二度とかみさんの糠漬けは食べられないなとポツリと父が言ったことがあります。私にはそれは作れませんでした。まったく不出来な娘でした。母の美味しい漬物でお茶を飲む。それも父の好きなおやつだったのかもしれません。

（こばやし　きみこ　長女）

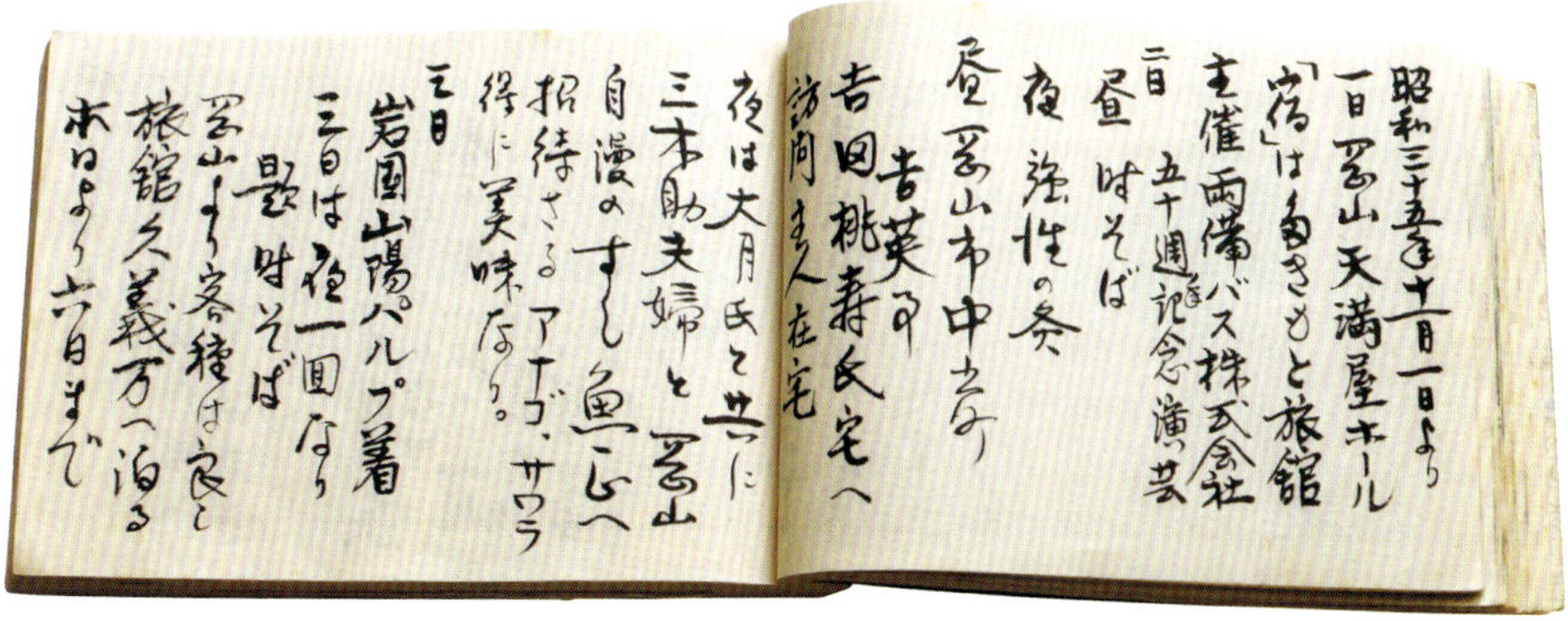

絵も書もたしなんだ小さん。昭和35年から10年間の旅巡業中に描いた絵日記。表紙には「楽我喜」とある。地方での落語会の演目や演者も記され、資料としても貴重である

森村桂

ケーキに恋した お手製の味

「アリスの丘」のティールームは一時休業していたが、現在は再開。森村考案のケーキを焼き続けている

お菓子を見分ける時、それが上等であるかどうかを判断するには、形でもない、かざりでもない、包装のしかたでもなければ、もちろん、店の名でもない。そっと香りをかぐことである。

一回や二回かいでも駄目だ。いくつものお菓子をかいでいるうちに、ナルホドということがわかる。よいお菓子には、神秘的な香りがある。たいしたお菓子ではないものには、安香水の香りがする。かすかだが、えもいえぬ香りのするお菓子に出逢った時は、ほんとうにうれしい。その香りの中に、そのままひたっていたいという気がする。

『魔法使いとお菓子たち』（一九八四）

もりむら　かつら　一九四〇～二〇〇四年。学習院大学卒業後、暮しの手帖社勤務などを経て小説家に。ニューカレドニアの一人旅を題材にした『天国にいちばん近い島』がベストセラーとなる。自身の体験を元にユーモアあふれるエッセイを数多く執筆。八五年、軽井沢に「アリスの丘」を開店。

お菓子作りが好きだった森村のお菓子エッセイ

アリスの丘の
忘れんぼのバナナケーキ

ニューカレドニアで初めて食べ、感激したバナナケーキ。再現しようと何度も試作するうちにオリジナルのバナナケーキがいくつも生まれた。フランスの粉を使い、バナナもたっぷり

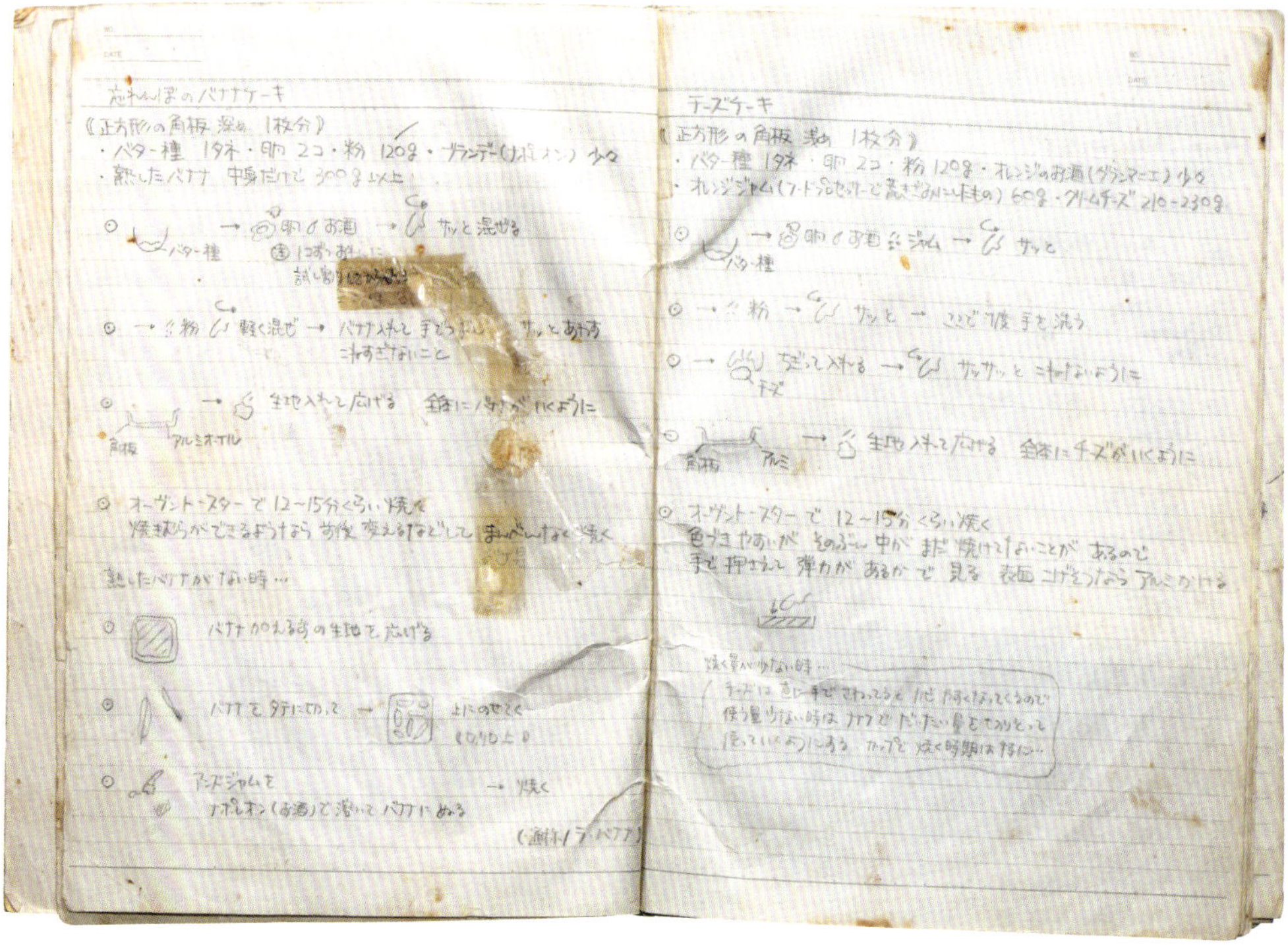

ケーキのレシピノート。作るときの注意が事細かに書いてある。森村はパティシエの吉田菊次郎氏や原光雄氏とも交流があり、プロの意見も参考にしながら独自のレシピを編み出した

アリスの丘の幸せのお菓子

ブランデーに漬けこんだ干しブドウ、カレンツ、オレンジジャム、胡桃をたっぷり使った、香り高いフルーツケーキ。30年前に森村が仕込んだドライフルーツなどを今でも使っている

拝啓　森村桂さま

高橋尚美

暑い夏の日の昼下がり、「アリスの丘」のベランダにて桂さんもご存知の森からの涼しい風をうけながら、このお手紙をしたためさせていただいております。

桂さんにご報告です。この度、平凡社「作家のお菓子」に桂さん創造のお菓子を載せて頂くことになりました。数ある中から、さて、どのお菓子を選んだら良いでしょう。まずは「忘れんぼのバナナケーキ」ですね。「アリスの丘」においで下さるお客様が「ああこれが忘れんぼのバナナケーキ。やっと本物に会えました。焼いていて下さってありがとう」と笑顔いっぱいに喜んで下さるのを見ると、桂さんの「アリスの丘」の存在の意義を改めて感じます。このバナナケーキはとても素朴なお菓子。(分量の)粉と赤砂糖とバターとタマゴと千切ったバナナを合わせて型に入れオーブントースターに。このとき桂さんの真似をして「おいしく焼けてね」と呟きます。でもそこから桂さんと違ってしまいます。私、じーっとにらみをきかせて焼き上がるまで見張っているのです。なにしろ桂さん、あんなにも喜んで下さるファンの方々がいらっしゃるのですから責任重大。「でも、あなた、そんなに怖い顔をしているとケーキに悪いわよ」と桂さんの声が聞こえてくるようです。睨《にら》まれながら焼き上がった忘れんぼのバナナケーキ。「想像していた通りのやさしい味でした」とお客様。もしかすると、桂さんが魔法の棒で……。

さてさて、桂さん、次なるお菓子ですが、アリスの丘の看板に描いてある「幸せのお菓子」ではいかがですか。桂さんが洋酒に漬けこんだ干しぶどうは長く静かなときを経て、ふたを開けた瞬間に放たれる豊潤な香りこそ「幸せのお菓子」の所以《ゆえん》と、そう思いながら焼いています。「幸せは分かち合うほど大きくなるのよ。薄く切って沢山の人と召し上がれ」が桂さんのメッセージだとM・一郎さんから聞いています。三〇年経た洋酒漬けの干しぶどうと自家製ネーブルオレンジジャム、そしてクルミを入れて焼いたパウンドケーキ「幸せのお菓子」の焼き上がってくる時の香りは、ああいい香り、ですね。そうそう桂さんがどこかに書いていらした桂流お菓子作りの極意「お菓子作りは乱暴に大胆に勇敢にいいかげんに、そしてやさしく」、これはほんとうに「極意」ですね。私はといえば十一年経った今も相変わらず睨みをきかせて焼いています。

二〇一六年十月

敬具

(たかはし　なおみ　アリスの丘スタッフ)

美智子皇后と森村。皇太子ご成婚の際、持っていった手製のケーキの前で

武井武雄

日本の郷土菓子の意匠に惹かれた

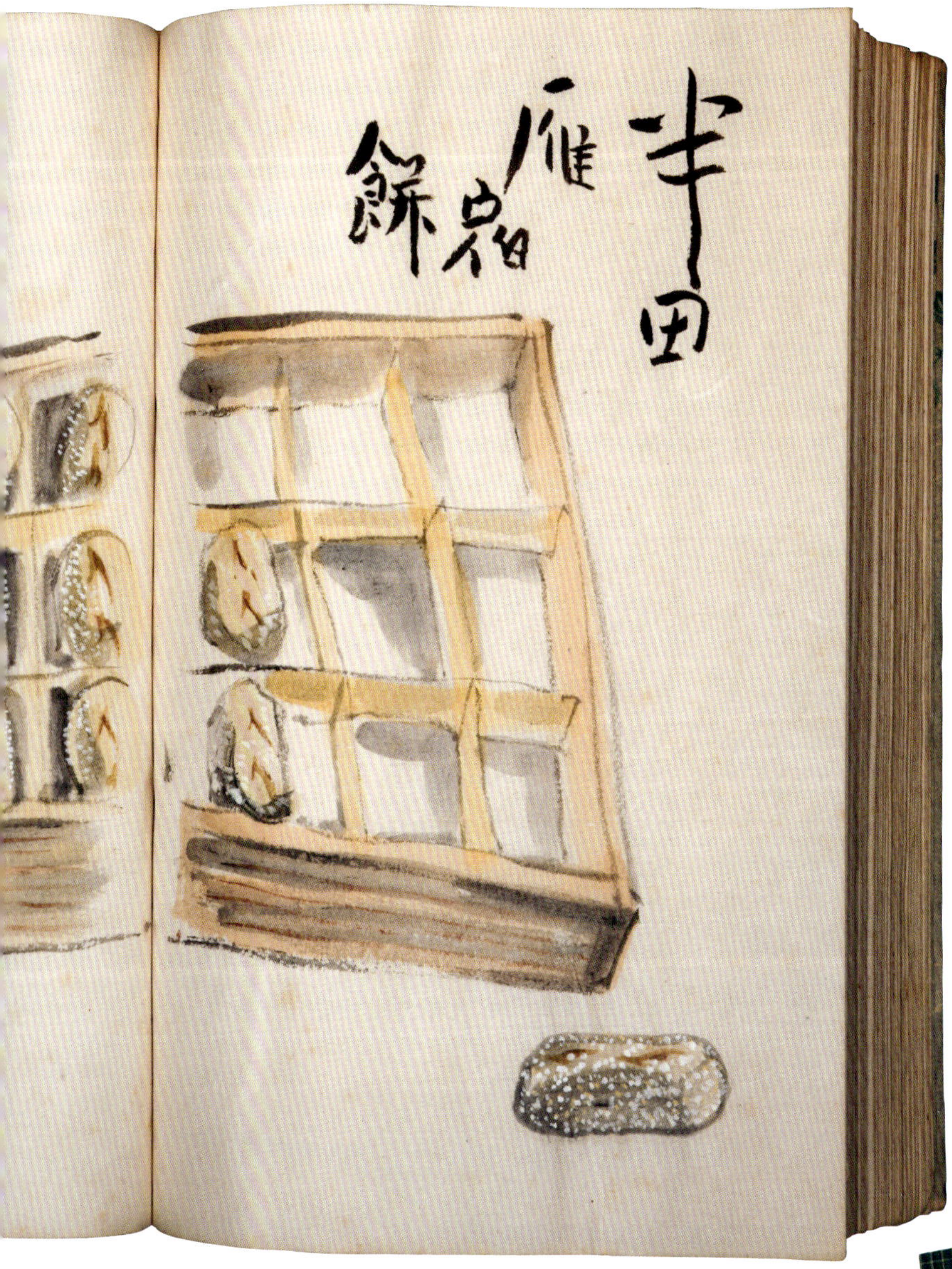

愛知県半田市の雁宿餅

半田市は、江戸時代、酒や酢の醸造、そしてそれらを江戸へ運ぶために造られた半田運河の海運業で栄えた。半田雁宿餅は現在は製造されていない

日本の郷土菓子の色や形、包装紙を克明に描いた水彩スケッチ帖は、『日本郷土菓子図譜』と題され全3巻にまとめられている。武井は、1936（昭和11）年から数年間にわたり書き溜めた

求肥の皮に芥子をつける上餡　品のよいもの也（半田雁宿餅）

天保年創始　この品は仏事等の特注により作る甘酒饅頭なり（岡山大手まんじゅう）

白は味白我の如し　巧まずして甚だ妙なり　茶は幾莫の甘味なり　南部煎餅又八戸煎餅といふ（盛岡麦煎餅）

『日本郷土菓子図譜』（一九三六）

たけい　たけお　一八九四〜一九八三年。長野県岡谷市生まれ。東京美術学校（現東京藝術大学）西洋画科卒業。童話の挿絵を「童画」と命名し、子供向けの版画、玩具、トランプのデザインなどを芸術の域に高めた。モダンな構図、幾何学的な描線が特徴。代表作に『ラムラム王』『赤ノッポ青ノッポ』『イソップものがたり』（挿画）など。

岡山市の 大手まんじゅう

天保八（1837）年創業。当時の備前藩主池田侯に愛された。店舗が岡山城大手門付近にあったことから、池田侯が「大手まんじゅう」と名付けたとか。現在も備前名物として親しまれる

大阪市の 鶴屋八幡鶏卵素麺

鶏卵素麺は、ポルトガルやスペインから長崎に伝来した南蛮菓子。大阪では、鶴屋八幡と高岡福信がこの菓子を作っている

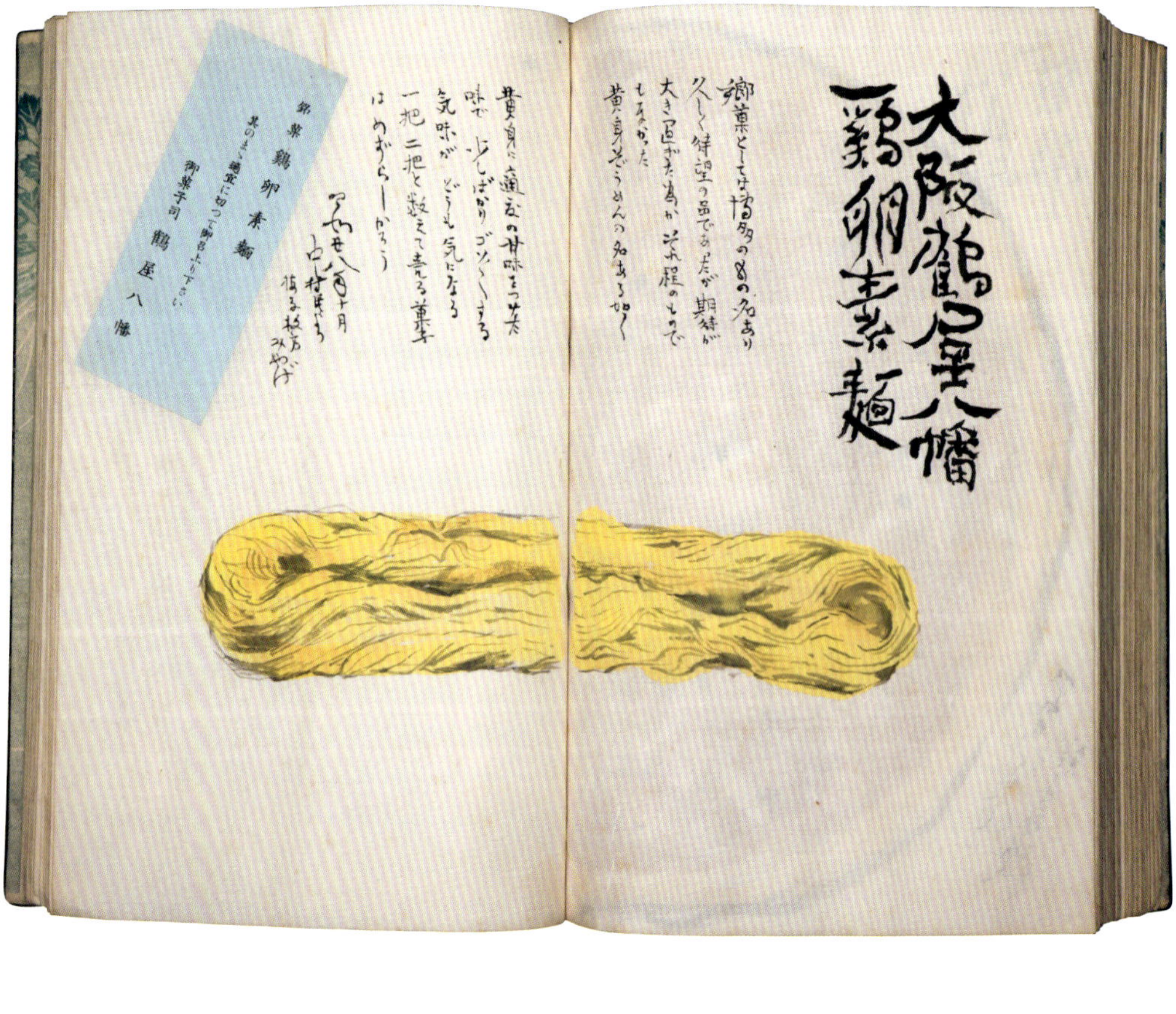

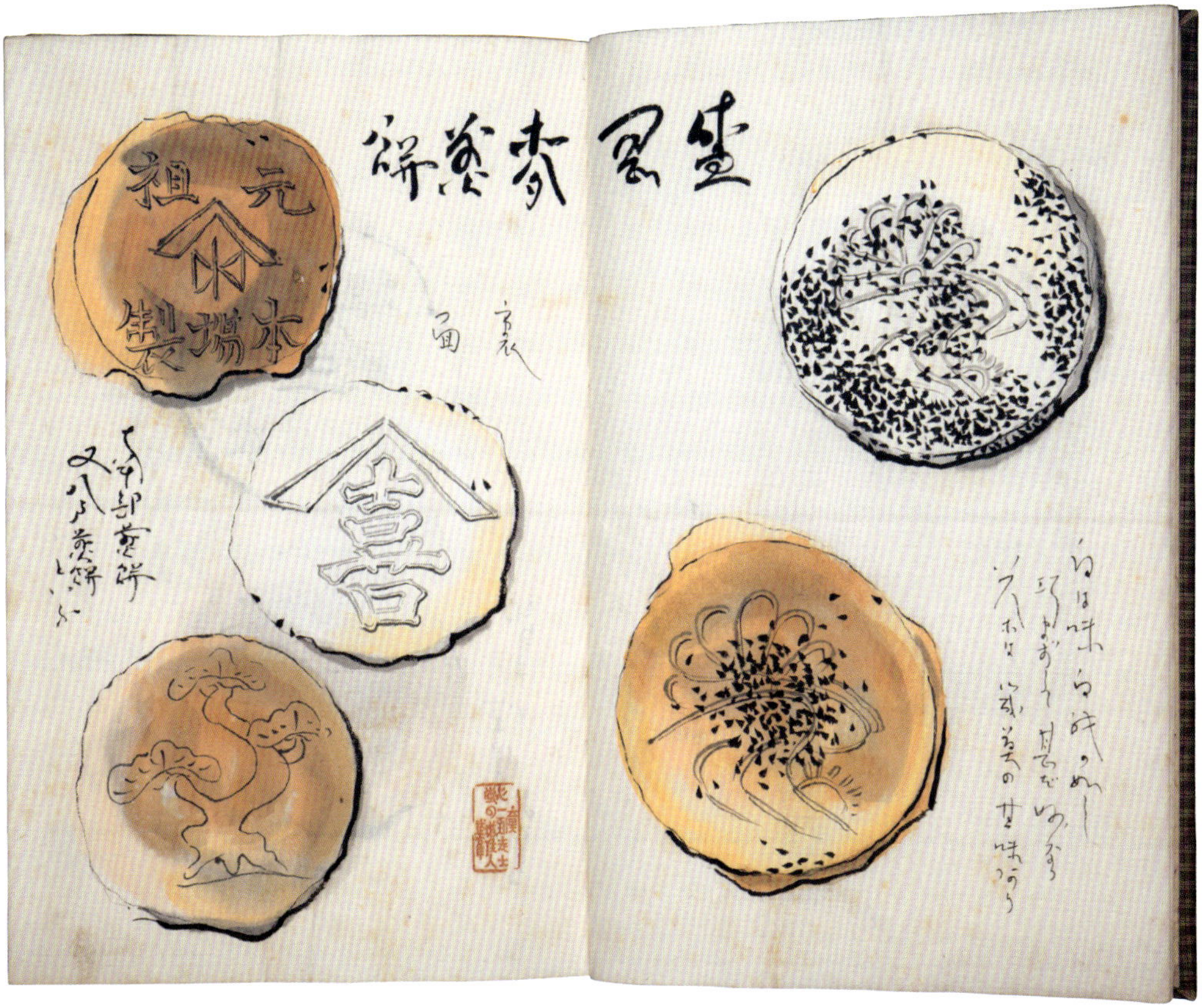

盛岡市の
盛岡麦煎餅

画中の言葉に「南部煎餅又八戸煎餅といふ」とあるように、現在は小麦粉が原料の南部煎餅としてよく知られている。八戸南部氏が藩主だった旧八戸藩地域伝承の煎餅がはじまり

「コドモノクニ」や「キンダーブック」の挿絵画家として知られる武井は、類いまれなる蒐集癖の持ち主だった。まず玩具。全国各地の郷土玩具のデザインに魅せられ、収集し研究し、しまいには自ら玩具のデザインまで手掛けた"おもちゃマニア"であった。

そして、菓子。菓子の形やデザイン、包み紙の意匠に魅せられ、日本全国の郷土菓子を買い集めた。そして、すべての菓子を食べ、味を記録し、丁寧にスケッチし、そのラベルや商標を記録した。それらは『日本郷土菓子図譜』と題され、布製の表紙を付け和綴じ製本されている。

絵に添えられた辛口のコメントも実に面白い。新潟県新発田の「養生糖」は、「これだけ衣裳を凝りに凝っておきながら命名に当り養生糖とはそも何事ぞや」と書いてみたり、大阪の鶴屋八幡鶏卵素麺は「黄身に適度の甘味をつけた味で少しばかりゴソゴソする」とぴしゃり。

武井の娘である三春さんが書いた『父の絵具箱』には、武井は珈琲が好きだったとあるが、コーヒーカップ片手に菓子をつまむこともあったのだろうか。

『日本郷土菓子図譜』は、武井の生地である長野県岡谷市のイルフ童画館に所蔵されている。

谷崎潤一郎

熱海、京都で親しんだ味

モンブランのケーキ

左頁:右上から時計回りに。モンブラン(味はサバラン)、モカロール、マロンタルト、ミルフィーユ、レザン・アラ・クレーム、栗のショートケーキ、苺のショートケーキ、フルーツとナポレオンソースのババロア

三木製菓のケーキ

シュークリームとエクレア。昭和23年創業、初代は銀座の不二家で修行。谷崎は知人を介して店の顧客に。当時は地元の牧場の生クリームを使い、東京のケーキより美味しいと評判だった

「何もお構い出来ませぬが、ずくしを召し上がって下さいませ」

と、主人は茶を入れてくれたりして、盆に盛った柿の実に、灰の這入っていない空の火入れを添えて出した。ずくしは蓋《けだ》し熟柿《じゅくし》であろう。空の火入れは煙草の吸い殻を捨てるためのものではなく、どろどろに熟れた柿の実を、その器に受けて食うのであろう。しきりにすすめられるままに、私は今にも崩れそうなその実の一つを恐々《こわごわ》手のひらの上に載せてみた。円錐形の、尻の尖った大きな柿であるが、真っ赤に熟し切って半透明になった果実は、恰《あたか》もゴムの袋の如く膨らんでぶくぶくしながら、日に透かすと琅玕《ろうかん》の球のように美しい。

「初音の鼓」『吉野葛』(一九三〇)

たにざき　じゅんいちろう　一八八六〜一九六五年。東京・日本橋生まれ。関東大震災を機に関西へ移り住む。第二次世界大戦時は熱海に別荘を購入、疎開。戦後、一九五四年に熱海に移住するまでは京都で過ごした。耽美主義、日本の伝統美を追求した作品を数多く執筆。代表作に『卍』『春琴抄』『細雪』など

おじいちゃんとおやつ

渡辺たをり

熱海市、伊豆山鳴沢の祖父の家では、おやつの時間はだいたい三時と決まっていて、三時になると祖父は書斎から出て、縁側と廊下をぐるっと回って居間へとやって来ました。

熱海の家のおやつで楽しみだったのは、やはり三木製菓のラングドシャとモンブランのチーズトーストでしょう。ラングドシャは、最初に食べた時に、祖母だったか叔母だったか、誰かが「それはフランス語で猫の舌っていう意味なのよ」と教えてくれたものです。そのネーミングが、子供の心に妙にフィットしたらしく、以来、ずっと「猫の舌！」と呼んでいて、そのうち誰も「ラングドシャ」とは言わなくなりました。祖父の手紙には、こんな一文があるくらいです。

——君にもたをりにも何かおみやげを持つて行きたいと思ひますが東京にほしいものはありませんか、あつたら知らせてください（上等のハンドバックなどはいかゞ〻）マリちゃんには猫の舌ときめてゐます。

（昭和三十二年九月十日付け書簡）

猫の舌は、今も三木製菓さんでちゃんと売っています。三木さんにはバタークッキーもあって、猫の舌のインパクトに隠れがちですが、実は私はこちらも好きでした。

一方、モンブランのチーズトーストは、今のいわゆる「ピザトースト」とは一線を画す手の込んだ「おやつ」です。甘いクッキーに比較すると、ちょっとした大人の味。きっとビールのおつまみなんかにも良さそうに思います。私は、もっぱらアイスティーでしたけれど。

こうしたものは、孫たちが滞在しているときの「お子様スペシャル」だったのかも知れませんが、祖父は「おいしいものを食べる」ことにかける情熱は並大抵のものではありませんでしたから、おやつに関しても、努力と労力は惜しみませんでした。

熱海にて、孫のたをりと。食を愛した谷崎は食欲旺盛な孫たちを喜び、見守った。昭和31〜32年頃

岡山の「初平」の水蜜桃、金沢「森八」の和菓子、中津川「すや」の栗きんとん、東京なら「空也」の最中や黄味しぐれなど、季節に応じて、何かしらを送らせたり人に買って来てもらったりしていましたし、京都の「松屋常盤」の味噌松風、「川端道喜」の粽などは、京都から東京に行く人があれば、買って来てもらって、家の人を熱海駅まで受け取りに行かせたりしていました。母も、熱海に行くときには言いつかって、

味噌松風を持って行くことがありました。松屋さんでは、予約したものを取りに伺うと「汽車の中でお食べやす」と、切り落としのヘタ部分を紙に包んでお土産にいただけて、これが密かな楽しみだ〜と母はいつも言っていました。

　おやつの時間には、誰もが、そのときあるものを、好きなように食べていました。

そう言えば、遊んでいる最中に「今日は（おやつには）何食べる?」とお手伝いさん（当時の言い方だと「女中さん」ですね）に毎回、聞かれたように思います。食事に関しては、多少のバリエーションはあっても、メニューは全員一緒でしたから「何食べる?」と聞かれるのはおやつだけでした。

　祖父は昭和二五年ごろから亡くなるまで、何かしらの形で熱海に家を持っていましたが、鳴沢の家に住んだのは、昭和二九年から三八年の約十年間のことでした。思えば祖父もまだまだ元気で、私も遊びにだけ夢中な幼少期で、のどかな日々であったものです。

（わたなべ　たをり　エッセイスト・孫）

三木製菓の猫の舌

谷崎が好きだった猫の舌、リーフパイといった菓子は元々、初代が修業した銀座の不二家で作っていたものという。いつも谷崎家の使用人が贈答用や自宅用にと買い求めていた

川端道喜の粽《ちまき》

『春琴抄』『細雪』などの代表作は関西に居を移してからの作品。京都での暮らしも長かった。もっちりとした食感と品の良い甘さはまさに彼好みの味わい

松屋常盤の
味噌松風の耳

京都時代、家族が注文した味噌松風を取りに行くと、いつもおまけに松風の耳をくれたという　下:モンブランに贈った谷崎自筆のふろしき

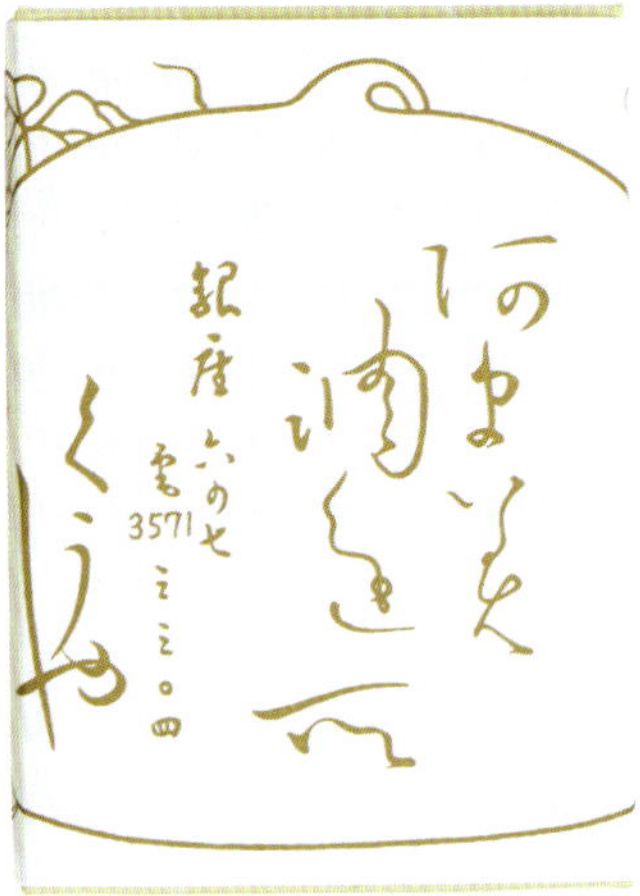

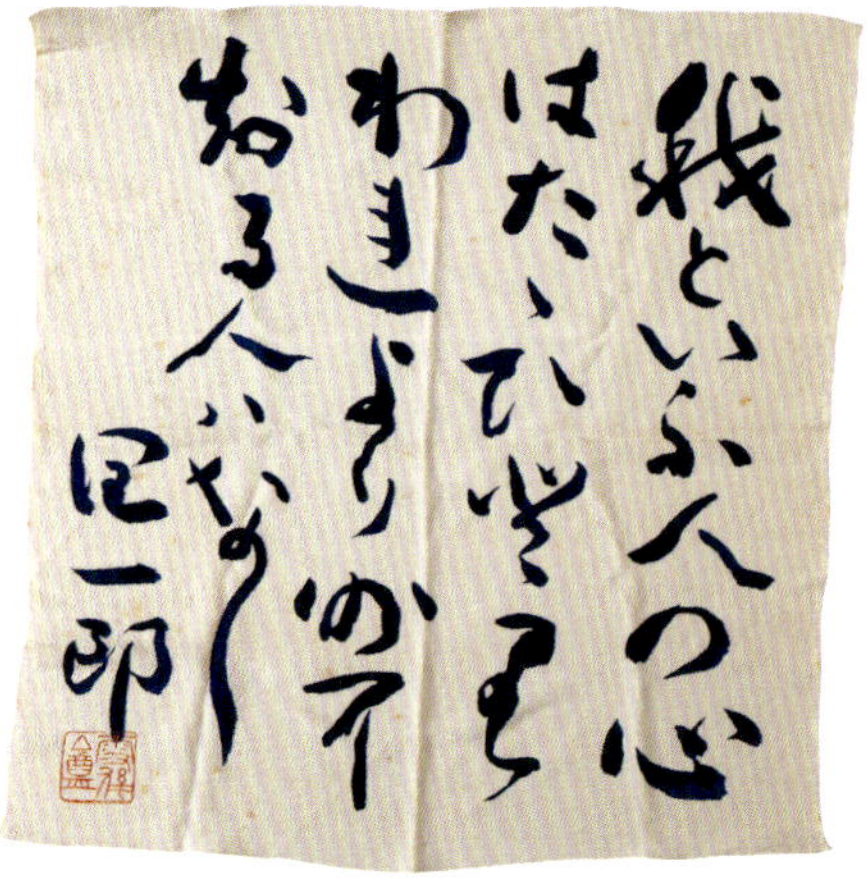

空也の生菓子

季節によって変わる生菓子。日本橋生まれの谷崎にとって、端正な空也の菓子は東京らしい菓子だったのかも知れない。右上から時計回りに双紙、くず、がらん、錦玉、ヒスイ、水羊羹

モンブランのチーズトースト

初代は横浜のホテルニューグランド出身。度々、谷崎の自宅に呼ばれ、ベシャメルソースにエダムチーズ、みじん切りのピクルスなどを混ぜたチーズトーストやビーフシチューを作った

三木鶏郎

お菓子のコマーシャルの大ヒットメーカー

やっぱり森永ネ　三木鶏郎 作詞作曲

＊一九五二年制作・録音、
一九五四年ＴＶのシンギングコマーシャル第一号

晩の御飯は　楽しい御飯
みんな集まって　ニコニコ顔に
おめめ　まんまる　鼻ふくらませ
坊やがアノネと　話しだす
「今日はネ　幼稚園でネ
キャラメル　しゃぶったらネ
ワンワンが　ついて来てネ
どこまでも　はなれないの
とっても　こわかったの」
みんなが　大笑い
〝やっぱり森永ネ〟
（歌／中村メイコ）

晩の御飯は　楽しい御飯
みんなかこんだ　お膳の前で
食べる途中で　お箸をとめて
姉ちゃんがアノネと　話しだす
「今日はネ　遠足でネ
キャラメル　しゃぶってネ
お友達と　夢中でネ
食べちゃったの　一箱も
わたし　おどろいちゃったの」
みんなが　大笑い
〝やっぱり森永ネ〟
（歌／古賀さと子）

みき　とりろう　一九一四〜九四年。東京生まれ。東京帝国大学法学部卒業後、入隊。戦後、焼跡の歌「南の風が消えちゃった」を作り、ラジオ番組「日曜娯楽版」の〝冗談音楽〟で一世を風靡。五一年、日本初のＣＭソングを作る。五六年、永六輔、野坂昭如らと㈲冗談工房を設立。数多くのＣＭソングを手掛けた。

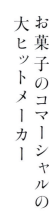

森永のミルクキャラメル

1954年放映。歌詞は5番まであり、上の5人家族が、1番が坊や、2番がお姉ちゃん、3番がお兄ちゃん、4番がママ、5番がパパというように、それぞれがキャラメルとおしゃべりの歌を歌った

グリコの鉄人28号グリコ、アーモンドチョコレート

「ずらりならんだ　ハダカン坊　つぶのそろった　アーモンド」(1958年制作、「グリコアーモンドチョコレートの歌」より)。キャラメルの鉄人28号グリコのCMソングは、アニメの主題歌でもあった

トリローさんのオヤツCM

泉麻人

三木鶏郎というと、戦後の人気ラジオ番組「日曜娯楽版」における風刺の効いた時事コントや冗談音楽の作家、自らも演者として活躍した才人として知られるが、昭和三〇年代に生まれた僕にとって、トリローさんの仕事でとりわけ親しみ深いのはCMソングの諸々である。

♬明るいナショナル〜

♬ワ、ワ、ワー　輪が三つ　ミツワ〜

♬牛乳セッケン　よいセッケン〜

いまも不意に口に出る名作は多々あるけれど、子供の頃になじんだオヤツ（チョコやキャラメル）のCMソングもいくつかある。

まず、CMそのものではないけれど、江崎グリコが提供した「鉄人28号」の主題歌。

♬ビルの街に　ガオーッ！

と、始まるコレは作詞・作曲とも三木鶏郎で、曲の終わりに♬グリコ、グリコ、グリーコー、とスポンサー名がコールされる。当時主流の一社提供の番組だったから、こういうことができたのだろう。そして、なかで流れる「アーモンドチョコレート」〝一粒で二度おいしい〟のキャッチフレーズがハヤった「アーモンドグリコ」のCMソングもトリロー氏が手掛けていた。

ちなみに、鉄人のアニメ番組（当時は〝テレビまんが〟と呼んでいた）が始まった昭和三八年は、年頭に「鉄腕アトム」、秋には「狼少年ケン」もスタートして、アニメが子供番組の主流になった年で、鉄人のグリコのように、だいたい菓子メーカーがスポンサーに付いていた。アトムは明治、ケ

森永の
スキップチョコレート

CMソングは1966年制作、録音。「スキープップ　スキープップ　スキップチョコレート」という歌詞を3回繰り返すものだった

事務所のスタジオで。1990年。Mac、シンセサイザー、録音機器に囲まれる。三木鶏郎は芸名である。大好きなミッキーマウスと、デビュー当初トリオで活動していたからこの名前にした

ンは森永、どこもシールやワッペンのオマケを付けて競い合っていた。しかし、トリロー氏のCM作品リストを眺めていると、グリコと同時期に「森永Vチョコ」とか「雪印ヌガー」とか「フルヤキャラメル」とか、ライバル社の菓子が露骨に見受けられる。あの時代はその辺の契約規定もアバウトだったのだろう。なかに「森永ディズニーガム」ってのもあるが、そもそも三木鶏郎はディズニー映画が大好きだった人で、「わんわん物語」や「バンビ」の日本語版の仕事に関わり、三木の名も〝ミッキーマウス〟がネタモトとされる。

　オヤツといえないかもしれないが、おなじみの「仁丹」（♬ジンタカタッター）の歌はトリローの作。この仁丹がかつて「野球ガム」というのを発売していて、なかに一枚入っている野球選手カードや当り券でもらえる球団旗メダルの収集に熱を上げていた時期があった。トリロー氏がCMソングを手掛けた野球ガムのCM映像が事務所に保存されているときいて、観せてもらった。

♬ジンジンジンタン　ジンタカタッタッター　チャチャチャのチャンス　野球ガム〜

　子役時代の太田博之が出演しているこのCM、幼稚園の頃になんとなく観たような……。仁丹のガムは流通システムの関係か、ふつうのお菓子屋にはあまり置かれていない。当時このガムをよく買いに行っていた、棚に明治の桃缶がずらっと並んでいる「スガ屋」という乾物屋の佇まいが思い浮かんできた。

（いずみ　あさと　作家）

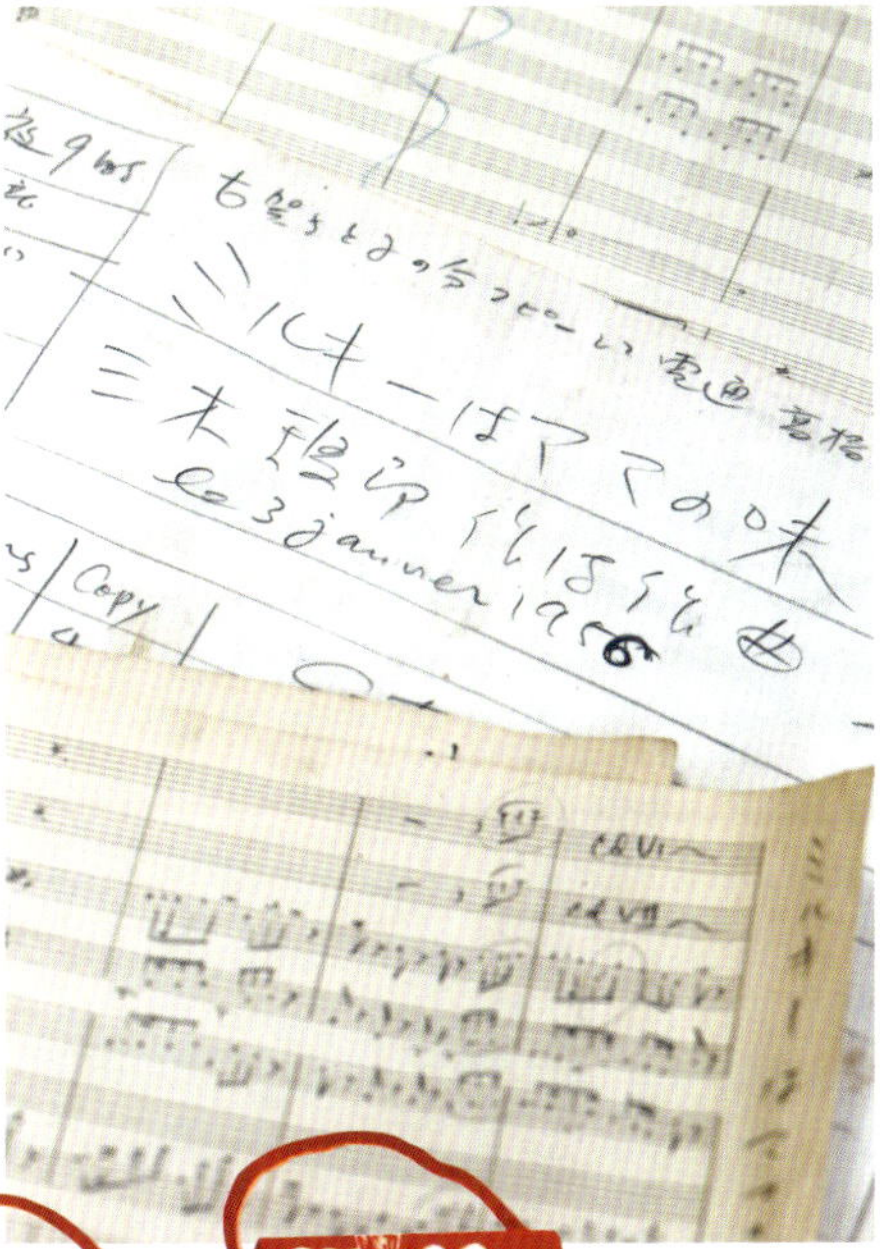

不二家のミルキー

1959年頃のパッケージ。かの名文句「ミルキーはママのあじ」は、1956年に鶏郎が作ったものである。手書きの楽譜も残っている。その後、「ミルキー行進曲」「ミルキーポルカ」も作った

味覚糖のバターボール

1959年制作の「味覚糖」という歌は、「あまいあじなら　なないろのあじ　みみ　味覚糖　味覚糖」と歌われる。甘い味を七つの味と表現する鶏郎のセンスがなんともいい

明治、大正、作家のお菓子

明治、大正、昭和初期に活躍した作家たちが好んだ菓子。文豪たちが愛したお菓子からは、時代の空気も伝わってくる。

文学好きならば、小説に登場する菓子や小説家の好物を求めて、味わってみるのも愉しみのひとつ。

夏目漱石は大の甘党で、胃が悪いのにもかかわらず、砂糖がけの落花生を家族に隠れて食べた。『我輩は猫である』だけでも藤むらの羊羹、空也の空也餅、羽二重団子の団子など、漱石も食べたであろう、いろいろな菓子が登場する。

また、漱石の小説の中に出てくる菓子で特に印象深いのが『坊ちゃん』の笹飴だ。

うとうとしたら清の夢を見た。清が越後の笹飴を笹ぐるみ、むしゃむしゃ食っている。笹は毒だから、よしたらよかろうと言うと、いえこの笹がお薬でございますと言ってうまそうに食っている。おれがあきれかえって大きな口をあいてハハハハと笑ったら眼が覚めた。

主人公が松山へ赴任するとき、ばあやの清に土産は何がいいかと尋ねたときの答が「越後の笹飴」。越後（新潟）と松山では方角が違うが、無学な彼女には分からない、というくだりだ。作中に何度か登場する笹飴の場面には可笑しさだけでなく、どこか一抹の寂しさがある。それは笹飴が清を象徴する菓子だからだろう。

芥川龍之介も非常な甘党で、鎌倉や伊豆に滞在中、旨い菓子が手に入らないので、中は餡、外は求肥の菓子を作って欲しいと、絵入りの手紙を、仲が良かった上野・うさぎやの主人に送っているほどだ。

芥川が好きだった浅草、梅園の汁粉、亀戸は船橋屋のくず餅、うさぎやの最中などは、今でも食べることができる。

軍医でもあった森鷗外は生の果物は衛生的に良くないと、すべて煮て食べた。また饅頭茶漬けが好物だったという逸話も有名だ。近年はすっかり廃れたが、かつて葬式の時には忍《しのぶ》饅頭という、大きな饅頭が配られた。鷗外はそれを茶漬けにした。

「饅頭茶漬け？　信じられない！」と思った人も、鷗外の娘、森茉莉のこの一節を読んでみて欲しい。

饅頭を父は象牙色で爪の白い、綺麗な掌で二つに割り、それを又四つ位に割って御飯の上にのせ、煎茶をかけて美味しそうにたべた。饅頭の茶漬の時には煎茶を母に注文した。子供たちは争って父にならって、同じようにして食べた。薄紫色の品のいい甘みの餡と、香りのいい青い茶〈父親は煎茶を青い分の茶と言っていて、母親も私たちもそう言うようになっている〉とが溶け合う中の、一等米の白い飯はさらさらとしていて、美味しかった。（『鷗外の味覚』）

森茉莉は饅頭茶漬を「禅味のある甘味」と表現した。それはあながち間違っていないように思われる。

もち米ほどではないが白飯も甘味と相性は悪くない。そしてこの文章を読んだら、ちょっと試してみたくなる。

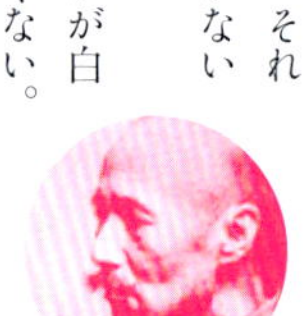

大阪で文学ゆかりの食べ歩きをするならば、織田作之助を抜きには語れない。彼の小説は大阪がもうひとりの主人公だ。

市井の人々が暮らす大阪の風景が活き活きと描写され、登場する食べ物が、どれも旨そうに感じられるのは、オダサク自身が本当に好きな店や味について書いているからだ。

オダサクの小説に出てくる甘味といえば、まず思い浮かぶのが『夫婦善哉』。表題になっている法善寺の夫婦善哉は今も健在。一人前を二つの碗に分けて出す理由を、主人公の柳吉が説明してくれる。

「一杯山盛りにするより、ちょっとずつ二杯にする方が沢山《ぎょうさん》はいってるように見えるやろ、そこをうまいこと考えよったのや」

また「アド・バルーン」という作品に出てくる出入橋のきんつばも今でも味わうことができる。

使いに行けば油を売る。鰻谷にの汁屋の表に自転車を置いて汁を飲んで帰る。出入橋の金つばの立食いをする。かね又という牛めし屋へ「芋ぬき」というシュチューを食べに行く。

大阪が織田作之助の「街」なら、永井荷風の「街」は東京だ。荷風は日記に、贔屓の店やメニューを事細かに書き残した。彼のように、外国暮らしの経験を持つ作家たちは「洋行帰り」とも呼ばれ、洋菓子や洋食を好んだ。

若き日をアメリカとフランスで過ごした永井荷風の朝食はココアとクロワッサン。

正月元旦。曇りて寒き日なり。九時頃目覚めて床の内にて一碗のショコラを啜り、一片のクロワサン（三日月形のパン）を食し、昨夜読残の疑雨集をよむ。余帰朝後十余年、毎朝焼麺麭と珈琲とを朝飯の代りにせしが、去歳家を売り旅亭に在りし時、珈琲なきを以て、銀座の三浦屋より仏蘭西製のショコラムニェーを取りよせ、蓐中にてこれを啜りしに、其味何となく仏蘭西に在りし時のことを思出さしめたり。仏蘭西人は起出でざる中、寝床にてショコラとクロワッサンとを食す。（余クロワッサンは尾張町ヴィェナカッフェーといふ米人の店にて購ふ。）（『断腸亭日乗』大正八年一月）

歌人の片山廣子は、松村みね子の名で翻訳も数多く手がけている。村岡花子に大きな影響を与えた人物で芥川龍之介とも交流があった。「買食ひ」という文章の中で片山は書いている。

むかし私がまだむすめ時代には、家々の奥さんたちが近所の若い主婦やおよめさんの悪口をいふとき、あの人は買食ひが好きですつてね、毎日のやうに買食ひをしてゐるんですつて！といふやうなことを言って、それが女性の最大の惡得のやうであった。

この「買食い」は自分だけのために菓子などを買って食べることを指しており、当時は女性が一人で甘いものを自由に食べることもはばかられる時代だったことがうかがえる。

明治十一年生まれの片山に遅れること二五年、明治三六年生まれの林芙美子は『放浪記』のヒット後、フランスとイギリスに遊学。言葉が通じない外国暮らしにとまどいながらも、彼の地での生活を楽しんだ。その様子については『下駄で歩いた巴里』に詳しい。

パンがうまくて安い。こっちのパンは薪ざっぽうみたいに長くて、これを齧りながら歩けます。これは至極楽しい。巴里の街は、物を食べながら歩けるのです。

帰国後、芙美子の好物になったのは洋菓子舗ウエストのリーフパイ。銀座に行くと必ず買って帰ったという。

現代において、おやつや菓子は、どう食べようが、その人の自由であって、何の気兼ねなく、いつでも口に出来る。また地方の銘菓も電話ひとつ、インターネットで簡単に手に入る時代である。しかし今、作家が好きだった菓子を食べることで、彼等の好みを知ると同時に、文章に活写された時代の雰囲気を想像しながら、ゆっくり味わってみたい。

作家の甘〜い♡包み紙

お菓子の包み紙が美しいと
お菓子への期待は
ますます高まる。
作家とゆかりのある洋菓子店が
長きにわたって愛用する包み紙。
贈りたい、贈られたい
懐かしい包み紙の数々

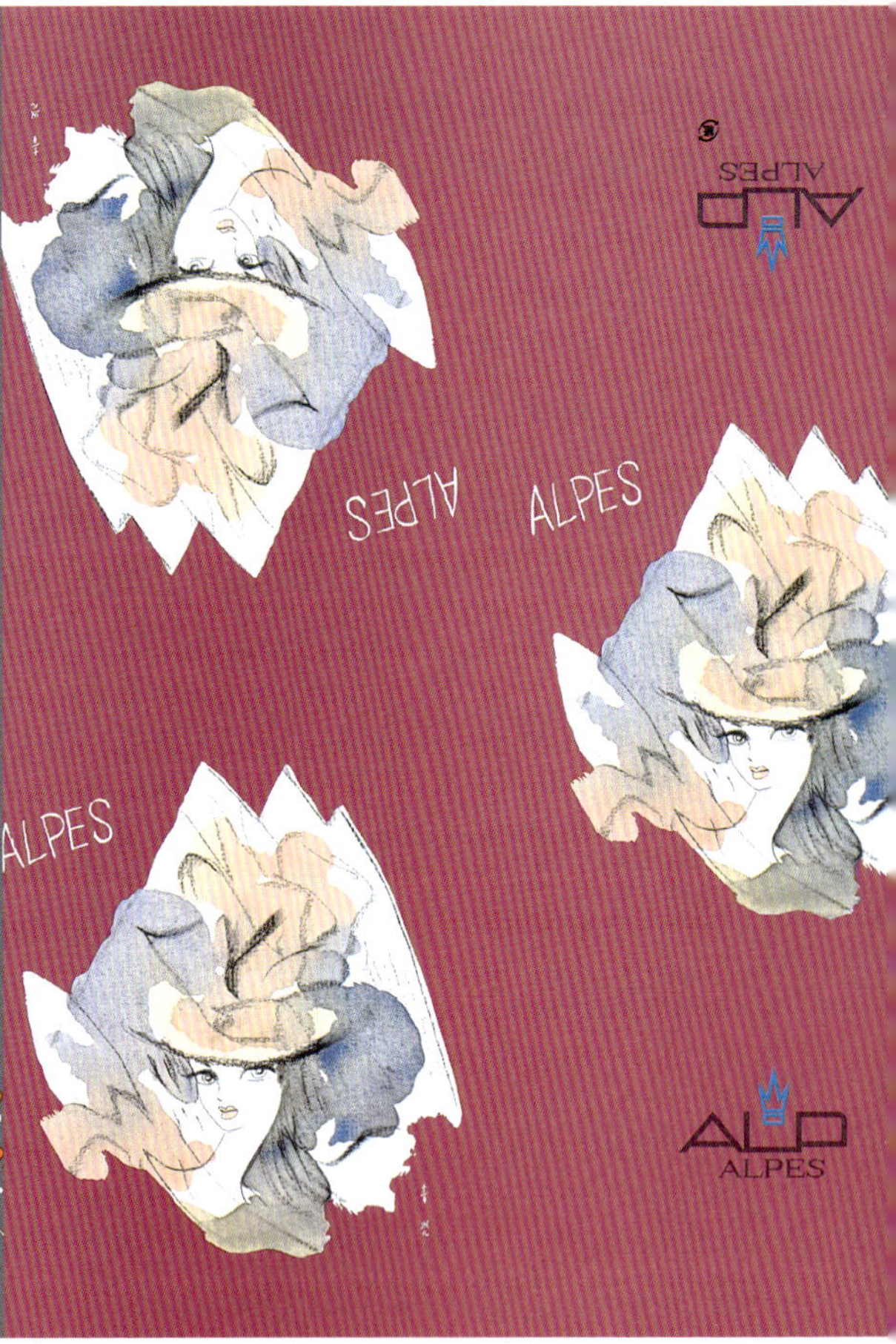

モンブラン

自由が丘で1933年に創業。山登りが好きだった初代社長がヨーロッパ最高峰の山・モンブランに惹かれて店名にした。ここから生まれた「モンブラン」には、栗のクリームで山肌を、白いメレンゲで万年雪を表している。東郷青児も愛した創業当時からの味

アルプス洋菓子店

1959年から続くJR駒込駅北口すぐの洋菓子店。近所に住み、馴染み客だった東郷青児に包装紙のデザインを依頼した。東郷が印刷所も指定し、いまでも版下を持つその印刷所が造っている。現在はフランスで修業した3代目・太田恭崇さんがシェフを務める

東郷青児

とうごう　せいじ　一八九七〜一九七八年。鹿児島市生まれ。二〇年、フランスに渡りリヨン美術学校に学び、ピカソらと交流した。甘美な女性像で知られる洋画家

鈴木信太郎

すずき　しんたろう　一八九五〜一九八九年。東京八王子生まれ。白馬会洋画研究所で黒田清輝に師事する。ほのぼのとした親しみやすい作風で今も多くの人々に愛されている

マッターホーン

自由が丘のモンブランで修業した初代が1952年に創業した。こちらも店名は山の名前。マッターホルンに因んだチロリアン衣装の人形の絵は鈴木信太郎である。ショコラとプレーン二色のスポンジ生地が市松になったケーキ・ダミエは創業時からの味

こけし屋

包装紙や箱の愛らしい西洋人形の絵は、昭和の洋画壇で活躍した鈴木信太郎が原画を描いた。鈴木は店主が主宰した「カルヴァドスの会」の会員で、井伏鱒二、丹羽文雄、徳川夢声、東郷青児、田川水泡らも名を連ねた。絵の片隅には鈴の「す」のサインがある

玉川虎屋
東京都町田市玉川学園7-5-1
042-728-6340

田丸弥
京都府京都市紫竹東高縄町5
075-491-7371

竹風堂
長野県上高井郡
小布施町小布施973
026-247-2569

千歳虎屋
東京都世田谷区船橋1-9-22
03-3420-6221

ちもと
東京都目黒区八雲1-4-6
03-3718-4643

月島家
東京都港区麻布十番2-3-1
03-3452-0991

辻井餅店
青森県青森市幸畑字唐崎53-5
017-738-2979

つちや
長野県北佐久郡
軽井沢町軽井沢726
0267-42-2147

東京凮月堂
東京都中央区日本橋2-2-8
03-3542-3665

十勝たちばな
東京都世田谷区南烏山5-14-5
03-3308-5617

土佐屋
東京都豊島区西巣鴨4-31-8
03-3917-7228

とらや 銀座店
東京都中央区銀座7-8-6
03-3571-3679

な行

長門
東京都中央区日本橋3-1-3
03-3271-8966

浪花家総本店
東京都港区麻布十番1-8-14
03-3583-4975

日本ケロッグ合同会社
(プリングルズ)
群馬県高崎市台新田町250
0120-870141

は行

パティスリー・セレネー
東京都文京区根津1-1-15
03-3821-5068

バナナ製菓
鳥取県境港市渡町2269-2
0859-45-0885

羽二重團子
東京都荒川区東日暮里5-54-3
03-3891-2924

Fariene(ファリーヌ)
新宿中村屋 松戸店
千葉県松戸市松戸1181
アトレ松戸内
047-365-4757

風流堂
島根県松江市白潟本町15
0852-21-3359

不二家
東京都文京区大塚2-15-6
0120-047-228

文明堂東京
東京都中央区日本橋室町1-13-7
0120-400-002

先斗町駿河屋
京都府京都市中京区
先斗町三条下ル
075-221-5210

ま行

松蔵ポテト 目黒店
品川区上大崎2丁目16-9
アトレ目黒1・1F
03-3444-6537

マッターホーン
東京都目黒区鷹番3-5-1
03-3716-3311

松屋常盤
京都府京都市中京区
堺町通丸太町下ル橘町83
075-231-2884

豆源
東京都港区麻布十番1-8-12
0120-410-413

三木製菓
静岡県熱海市渚町3-4
0557-81-4461

瑞穂
東京都渋谷区神宮前6-8-7
03-3400-5483

三原堂
東京都豊島区西池袋1-20-4
03-3971-2070

森永製菓
東京都港区芝5-33-1
0120-560-162

モンブラン
静岡県熱海市銀座町4-8
0557-81-4070

モンブラン
東京都目黒区自由が丘1-29-3
03-3723-1181

や行

山本おたふく堂
鳥取県東伯郡琴浦八橋348
0858-59-2345

ユーハイム
兵庫県神戸市中央区元町通1-4-13
0120-860-816

UHA味覚糖
大阪府大阪市中央区神崎町4-12
0120-653-910

ら行

龍水楼
東京都千代田区神田錦町1-8
03-3292-1001

ル・スフレ
東京都目黒区緑が丘2-25-7
ラ・クール自由ヶ丘2F
自由ヶ丘スイーツフォレスト
03-5701-2695

ローザー洋菓子店
東京都千代田区麹町2-2
03-3261-2971

掲載店リスト

あ行

赤城乳業
埼玉県深谷市上柴町東2-27-1
0120-571-591

赤羽まんぢう本舗
栃木県芳賀郡益子町益子2910-2
0285-72-3153

アリスの丘
長野県北佐久郡
軽井沢町長倉4-170
0267-42-8253

アルプス洋菓子店
東京都豊島区駒込3-2-8
03-3917-2627

飯島商店
長野県上田市中央1-1-21
0120-511-346

泉屋
東京都千代田区麹町3-1
03-3261-5546

イトウ製菓
東京都北区田端6-1-1
田端ASUKAタワー8階
03-5814-4663

梅園
東京都台東区浅草1-31-12
03-3841-7580

江崎グリコ
大阪府大阪市西淀川区歌島4-6-5
0120-917-111

大手饅頭伊部屋
岡山県岡山市北区京橋町8-2
086-225-3836

御菓子司 亀屋則克
京都市中京区堺町通三条上ル
075-221-3969

御菓子司 鶴屋八幡
大阪府大阪市中央区今橋4-4-9
06-6203-7281

おかしの家 ノア
東京都練馬区下石神井6-40-3
03-3995-7273

か行

開運堂
長野県松本市中央2-2-15
0263-32-0506

片倉だんご
東京都八王子市片倉町344-16
042-637-9350

川端道喜
京都府京都市左京区
下鴨南野々神町2-12
075-781-8117

橘香堂
岡山県倉敷市阿知2-19-28
086-422-5585

京味
東京都港区新橋3-3-5
03-3591-3344

金閣寺日栄軒
京都府京都市北区衣笠街道町13
075-463-4079

銀座鹿乃子
東京都中央区銀座5-7-19
03-3572-0013

銀座菊廼舎
東京都中央区銀座5-8-8
銀座コアビルB1
03-3571-4095

銀座木村屋總本店
東京都中央区銀座4-5-7
03-3529-2705

銀座松崎煎餅
東京都中央区銀座4-3-11
03-3561-9811

空也
東京都中央区銀座6-7-19
03-3571-3304

こけし屋
東京都杉並区西荻南3-14-6
03-3334-5111

小西いも
京都府京都市伏見区
深草稲荷榎木橋町30
075-641-5629

ゴンドラ
東京都千代田区九段南3-7-8
03-3265-2761

さ行

志むら
東京都豊島区目白3-13-3
03-3953-3388

ショコラティエ・エリカ
東京都港区白金台4-6-43
03-3448-1578

菅屋
兵庫県宝塚市泉町19-14
0120-814-655

た行

大吾
東京都練馬区大泉学園町6-28-40
03-5947-3880

参考文献

赤瀬川原平
『明解 ぱくぱく辞典』中公文庫

有吉佐和子
『有吉佐和子の中国レポート』新潮文庫

野上彌生子
『野上彌生子全集 十七巻』岩波書店

水木しげる
『河童の三平』ちくま文庫
『ゲゲゲの老境三昧』徳間書店
『ゲゲゲの食卓』武良布枝著、扶桑社
『お父ちゃんのゲゲゲな毎日』水木悦子著、
新潮文庫

朝吹登水子
『私の軽井沢物語』文化出版局
『豊かに生きる』世界文化社
『私の東京物語』文化出版局

吉行淳之介
『吉行淳之介全集 第十四巻』新潮社

杉浦日向子
『4時のオヤツ』新潮文庫
『百日紅』ちくま文庫

やなせたかし
『あんぱんまん』フレーベル館
『人生、90歳からおもしろい!』フレーベル館

中村汀女
『四季の銘菓ごよみ』女子栄養大学出版部
『伝統の銘菓句集』女子栄養大学出版部

三宅艶子
『東京味覚地図』奥野信太郎著、河出書房新社

片山廣子
『新編 燈火節』月曜社

池部良
『天丼はまぐり鮨ぎょうざ』幻戯書房

大村しげ
『美味しいもんばなし』鎌倉書房
『冬の台所』冬樹社

森繁久彌
『わたしの自由席』中公文庫

ナンシー関
『何様のつもり』角川文庫
『ナンシー関大全』文藝春秋

江戸川乱歩
『塔上の奇術師』ポプラ文庫

岸田衿子
『くまとりすのおやつ』福音館書店
『おいしいものつくろう』福音館書店

野坂昭如
『戦争童話集』中公文庫

石元泰博
『石元泰博+滋子——ふたりのエッセイ』私家版

濱田庄司
『無盡蔵』講談社文芸文庫

柳家小さん
『咄も剣も自然体』東京新聞出版局

森村桂
『魔法使いとお菓子たち』角川文庫

武井武雄
『日本郷土菓子図譜』イルフ童画館所蔵

谷崎潤一郎
『吉野葛・盲目物語』新潮文庫

写真提供　五〇音順・敬称略

UHA味覚糖(p119下)
江崎グリコ(p78、p117下)
太田徹也(p88)
国立国会図書館(p120)
武田正彦(p22上右)
東洋英和女学院(p52上右)
日本近代文学館(p121)
不二家(p119中)
フレーベル館(p42上右)
文藝春秋(p10上右、p13、p84)
北海道立近代美術館(p39左)
森永製菓(p118上右)
ユーハイム(p85)

*本書に掲載した写真で、
撮影者の不明のものがあります。
お気づきの方は編集部まで
ご連絡ください。

取材協力　五〇音順・敬称略

赤瀬川尚子
阿部鷲丸
天野誠
有吉玉青
池部美子
石元喬
イルフ童画館
牛場暁夫
江戸川乱歩記念大衆文化研究センター
岡谷市役所
小川濤美子
おふぃす狸
片岡佐和子
岸田未知
高知県立美術館
鈴木弘子
鈴木雅也
鈴木靖峯
世界文化社
高橋百百子
田中宏明
タリアセン軽井沢
野坂暘子
長谷川三千子
濱田庄司記念益子参考館
濱田友緒
光プロダクション
平井憲太郎
福音館書店
前橋文学館
三木鶏郎企画研究所
水木プロダクション
宮城まり子
三宅一郎
武良布枝
森繁建
やなせスタジオ
吉行淳之介文学館
米田真里
渡辺たをり

作家のお菓子

二〇一六年十一月十六日　初版第一刷発行

編　者　コロナ・ブックス編集部
発行者　西田裕一
発行所　株式会社平凡社
〒一〇一－〇〇五一
東京都千代田区神田神保町三－二九
電話　〇三－三二三〇－六五八四（編集）
　　　〇三－三二三〇－六五七三（営業）
振替　〇〇一八〇－〇－二九六三九
ホームページ http://www.heibonsha.co.jp/

印刷・製本所　株式会社東京印書館

ISBN978-4-582-63506-5 C0090
NDC分類番号900
B5変型判（21.7cm）　総ページ128

写真
栗原論（P4-11,P15,P18-25,P32-33,
P35-39,P42-P77,P79-83,P87,P90,P92-95,
P98-99,P102-104,P110-111,p113-119）
武藤奈緒美（P12,P26-31,P96-97）
P99上,P101）
内山育恵（P72上）
須藤昌人（P89下）

装丁・レイアウト
櫻井久、鈴木香代子
（櫻井事務所）

編集
織田桂、野村麻里、坂田修治

本誌中、各作家の引用文表記については、
原則、新字・新仮名づかいとした。